Lida Winiewicz

Der verlorene Ton

Roman

Lida Winiewicz

DER VERLORENE TON

Roman

braumüller

Bibliografische Information der Deutschen Nationalbibliothek
Die Deutsche Nationalbibliothek verzeichnet diese Publikation in der Deutschen Nationalbibliografie; detaillierte bibliografische Daten sind im Internet über http://dnb.d-nb.de abrufbar.

1. Auflage 2016

Servitengasse 5, A-1090 Wien
www.braumueller.at

Coverfoto: iStockphoto.com | © Tina Lorien
Druck: Gorenjski tisk storitve, SI-4000 Kranj
ISBN 978-3-99200-164-4

Für Xenia

TEIL I

Das Wien der Zwanzigerjahre war leiser und lauter als heute.
Klingeln der Straßenbahn, „Tramway" genannt, der Beiwagen am hinteren Ende mit offener zugiger Plattform, Sportliche sprangen auf und ab, Motorradgeknatter, Klavier, Gesprächsfetzen, Kindergeschrei, selten eine Autohupe, Kübelgeschepper, Schritte, Hundegebell, Pferdegetrappel, im Sommer Lavendelweiber mit zweistimmigem Angebot: „Kaufts an Lavendel! Zehn Groschen a Büscherl Lavendel! An Lavendel hamma do! Wer kauft uns an o?"
Und Werkelmänner, meist Kriegsversehrte, der Erste Weltkrieg keine zehn Jahre vorbei.
Ein Einbeiniger auf der Hietzinger Brücke rührte mich prompt zu Tränen. Kaum hörte ich die Blechmusik, fing ich zu weinen an, je näher sie kam, desto lauter, schließlich mischte sich mein Geheul störend mit dem Donauwalzer, und wer immer den Kinderwagen schob, rettete sich schleunigst in den Schönbrunner Schlosspark.
Es gab auch Straßenmusikanten. Sie kamen in den Hinterhof, zu zweit, der eine mit „Klampfn" oder „Quetschn", der andere Wienerlied-Sänger der Gattung „Krawattltenor".
Ich durfte ihnen ein Zehnerl, in Zeitungspapier gewickelt, vom Klopfbalkon hinunterwerfen.

„Vergelt's Gott, kleines Fräulein!"
Das Zehnerl war eine Münze von ungeheurer Kaufkraft. Man bekam dafür bei Frau Wurzer, Kurzwaren und Delikatessen, zehn Stollwerck-Karamellen oder ein Täfelchen Milchschokolade, blitzblau verpackt, Marke Bensdorp.
Oder einen Kinderfahrschein beim Ehrfurcht gebietenden Schaffner, einmal Ring rund, am Fenster! Vielleicht sogar zwicken dürfen!
Straßenbahnschaffnerin war damals mein Traumberuf.

~

Ein Haus, schönbrunnergelb. Ein dunkelgrünes Haustor. Zwei Randsteine, höher als ich. Jetzt blicke ich auf sie hinab.
Das Haus meiner Kindheit ist Teil des Parkhotels Schönbrunn.
„Guten Tag, ich habe als Kind im Achtzehnerhaus gewohnt, dürfte ich in die alten Räume? Ich würd' sie gern wiedersehen."
Die Frau an der Rezeption, jung, blond, diskret zurechtgemacht, mustert mich, lässt die Finger über die Tastatur ihres Computers tanzen, betrachtet den Bildschirm und sagt: „Sie haben Glück, die Suite ist derzeit nicht belegt."
„Es ist also möglich?"
„Ja."
Sie reicht mir ein Plastikkärtchen.

„Was ist das?"
„Der Zimmerschlüssel."
Wir hatten einen Schlüsselbund, daran ein Medaillon: der Heilige Christophorus, den reißenden Strom durchquerend, auf den Schultern das Jesuskind. „Es wird immer schwerer und schwerer", sagte Judy, „der Christophorus denkt, gleich fall' ich um und dersauf, aber er ist nicht dersoffen, er hat sich zusammengerissen, obwohl er schon blau im Gesicht war vor Anstrengung, Nässe und Kälte, er hat den Jesus ans andere Ufer gebracht, und wenn ihr glaubt's, ihr dersaufts, dann denkt's an den Christophorus!"
Die Frau hinterm Tresen wartet, betrachtet mich, beinahe gütig, vielleicht hat sie daheim eine demente Oma, nimmt mir das Kärtchen weg und zeigt auf etwas Schwarzes: „Das ist der Magnetstreifen."
„Aha."
„Dort drüben ist der Lift."
Lift? Wo ist die Stiege mit dem gedrechselten Handlauf? Judy rieb ihn mit Bienenwachs ein. Dann glänzte er wie Seide.
Ich fahre in den ersten Stock, steige aus und erkenne nichts wieder. Spannteppich, watteweich. Wir hatten Bretterboden. Der Span, den ich mir einzog, bestialischerweise tief unter den Nagel des rechten großen Zehs, und den Judy herausoperierte, mit einer Nadel, deren Spitze sie vorsorglich ausgeglüht hatte, den habe ich in einer Schachtel jahrelang aufbewahrt, blutverkrustetes Symbol zeternd überstandener Leiden.
Ich öffne die erstbeste Türe.

Ja, da stand das Bett, dunkles Holz, mit aufgetürmtem Bettzeug, darüber eine bunte Decke, aus Vierecken zusammengesetzt, ein Quilt, wie ich seither weiß, vom weit gereisten Onkel Leo aus den USA mitgebracht.
Das Bett diente uns als Sitzbank. Daneben, hell und schmal, das Klavier meiner Mutter, Kirschholz, vor dem Bett ein Tisch mit Lade, darin Küchengerät und Besteck.
Um den Tisch eine fröhliche Runde, Stimmengewirr, Gelächter, Tabakrauch. Ich rieche ihn gern. Er haftet an Papas Händen, den angegelbten Fingern. Papa raucht „Ägyptische". Auf der orangefarbenen Schachtel sind Kamele zu sehen, Palmen und Pyramiden. Das Wort Py-ra-mi-de gefällt mir. Ich sage es vor mich hin, vorzugsweise abends im Bett, wie einen Zauberspruch.
Wer die Gäste waren, weiß ich nicht mehr. Nur dass Onkel Egon da ist, kein wirklicher Onkel, sondern ein Studienkollege Papas, mit Gattin Leopoldine, die immer ein Kropfband trägt, obwohl sie keinen Kropf hat, und Onkel Pepi, auch kein Onkel, sondern Tante Jettis Freund. Jetti ist die Schwester unseres Vaters.
Pepi, Absolvent der Wiener Neustädter Militärakademie, als Fähnrich ausgemustert, behauptet, er habe dort, vor Hunger, in einen Besenstiel gebissen. Und als wir die Fahne sehen wollen, sagt er, er hat keine Fahne. Wieso ist er dann ein Fähnrich? Wir glauben ihm kein Wort. Jetzt studiert er Psychologie an der Wiener Universität.
Ich sitze auf Judys Schoß. Onkel Pepi sitzt auf dem Bett. Ich bin zwei.

Plötzlich krabble ich zu ihm hinüber, öffne die Tischlade, entnehme ihr zwei Kochlöffel, stelle mich hinter ihn und beginne, auf seinen Kopf einzutrommeln.
Gespräche und Lachen verstummen. Alles blickt gespannt auf mich. Meine Schwester, sieben, kichert.
Ich trommle, fester, schneller, gerate in eine Art Rausch.
Onkel Pepi hält still wie ein Lamm im Dienst der Psychologie. Was will das Kind? Was bezweckt es? Welchen Zwängen ist es unterworfen? Welche geheimen Kräfte bestimmen sein Unterbewusstsein? Was will sein Über-Ich?
Judy macht dem Spuk ein Ende. Sie packt mich, nicht unsanft, setzt mich wieder auf ihren Schoß, drückt meinen Kopf an sich. Sie riecht gut. Ihre Halskette, grünes Glas, schmiegt sich an meine Stirne, rund und kühl, angenehm.
Judy hat viele Halsketten. Sie bewahrt sie in einer alten Weihnachtskeksdose auf. Ich darf mit ihnen spielen. Die, die sie um den Hals trägt, mag ich besonders gern. Hält man einen der großen grünen Glassteine dicht vors Auge, taucht man in meergrünes Wasser, Lichtpunkte durchschweben es wie Goldstaub und jederzeit kann ein Fisch aus dem Klavier herausschwimmen.
Jetti massiert Pepis Kopf.
Was ist dem Kind eingefallen?
Ich weiß es nicht. Ich weiß nur: Im Mittelpunktstehen tut gut.

~

Hier also haben wir gewohnt, in diesen engen Räumen, Vater, Mutter, Schwester, ich, Judy und Kater Graupi, Kurzform für „Grauperter". Er war Judy zugelaufen und dank ihrer Fürsorge zu dick, um Vögeln nachzustellen.

Judy kam mit sechzehn zu uns, vermittelt von der „Agentur Aloysia Hofeneder, erstklassiges Dienstpersonal", direkt aus der Steiermark, aus einem Dorf, das nicht „Oberschöps" hieß, wie Papa behauptete, sondern Unterlamm.

Judy hieß auch nicht Judy. Der selbst zugelegte Name stammte aus einem schottischen Ritterroman: Graf Douglas liebt die schöne, schuldlos verarmte Judy und heiratet sie, ungeachtet des Widerstands der adeligen Familie.

„Zwölf Dudelsackspieler schritten rund um die Hochzeitstafel."

Wenn Judy aus Romanen erzählte, bediente sie sich grundsätzlich der Mitvergangenheit. Andere Berichte, etwa jener von ihrem Einstand bei uns, erfolgten in der Gegenwart: „Ich steh' vor dem grünen Haustor, drin spielt wer Klavier, schöner als unser Herr Pfarrer Orgel. Ich trau' mich nicht läuten, weißt, ich hab' keinen Koffer dabei, nur ein kariertes Bündel, einen Polsterüberzug ohne Knöpf'. Ich möcht' davonrennen. Darf nicht. Die Aloysia reißt mir den Kopf ab. Ich läut'. Das Klavier hört auf. Nix passiert. Endlich Schritte. Das Tor gibt nach. Vor mir steht eine junge Frau in einem Kleid wie ein Nachthemd, darüber eine Küchenschürze. Nein, deine Mutter hat nicht wie eine

Gnädige ausg'schaut. Sie sagt ‚Servus', ich sag auch ‚Servus'. Sie schaut mich an, irgendwie komisch, sagt aber nix, nimmt mein Bündel, als wär's ganz normales Gepäck, sagt ‚Komm!', lässt mich rein, macht das Tor zu und geht voraus. Ich ihr nach. Oben zeigt sie mir mein Kammerl, ein richtiges Bett, kein Strohsack, mit einer richtigen Decke, nicht irgendwelchen Fetzen. Dann führt sie mich in die Küche, gießt Wasser in eine Waschschüssel und sagt: ‚Bitte wasch' dir die Hände.' Ich glaub, ich spinn'. Mein Lebtag hat niemand ‚bitte' zu mir gesagt. Ich wasch' mir die Hände, gründlich, sie gibt mir ein Handtuch, ein Handtuch, das kannst du dir nicht vorstellen: ein weißes, sauberes! Bei uns daheim hat ein Handtuch vier Wochen halten müssen. Ich bin immer aufs Stockerl gestiegen, damit ich beim Händeabtrocknen das oberste Stück erwisch', gleich neben dem Schlingerl, verstehst, der Rest war steif vor Dreck. Sie hängt das Handtuch auf, legt ein Schneidbrettl auf den Tisch, ein Messer und Semmelknödel und sagt: ‚Schneid' die Knödel klein, für den Karl!' Dann geht sie zum Klavier und spielt weiter. Was sie spielt, weiß ich nicht. Immer dieselbe Stelle. Ich nehm' das Küchenmesser und schneid' die Knödel klein. Ich denk mir, der Karl ist der Hausknecht. Oder vielleicht ein Hund. Aber der Karl war dein Vater."

~

Ich suche die alte Küche. Ich finde sie nicht. Stattdessen ein chromblitzendes Bad.
Wir hatten einen eisernen Waschtisch, das weiß lackierte Gestell mit Waschschüssel, Krug und Kübel aus Karlsbader Porzellan. Den Boden der Waschschüssel zierte ein rötlichbraunes Porträt der Kaiserin Elisabeth. Ich fand es ungehörig, die Schüssel vollzufüllen und Sisi absaufen zu lassen, noch schlimmer, beim Zähneputzen auf ihr Gesicht zu spucken, doch Judy lachte nur.
Das Wasser musste von unten heraufbefördert werden, Bassena und Klo waren im Hof.
Wo ist die alte Stiege?
Ich öffne die nächstbeste Tür und falle in ein Zeitloch: Großmama Stieböck! Sie steht auf der obersten Treppenstufe, feindselig, kerzengerade, in schimmerndem, schwarzem Taft.
Ein Gespenst!

~

Die Stieböcks verstanden sich als Hietzinger Patrizier, alteingesessen, kaisertreu. Vater Stieböck war Rechtsanwalt, Mutter Stieböck Unternehmerin. In ihrem Geschäft in der Spiegelgasse gab's Hofball-Accessoires: Schmuckfedern, Seidenblumen, Strasskrönchen, falsche Perlen.
Die Stieböck-Kinder studierten, Leo Medizin, Theo Jus, Mizzi Klavier. Sie war brillant. Ihr Lehrer war, unter anderen, der Komponist Franz Schmidt, Schöpfer des Oratoriums „Das Buch mit sieben Siegeln".

Ich besitze mehrere Postkarten mit seiner krakeligen Handschrift: „Liebes Fräulein, bitte kommen Sie Montag statt Donnerstag." – „Liebes Fräulein, bitte kommen Sie Freitag statt Dienstag."

Mizzi gab ihr erstes Konzert mit siebzehn, „unter der Patronanz Ihrer Kaiserlichen Hoheit Erzherzogin Marie Valerie".

Woher kannten die beiden einander? Über die Schmuckfedern-Verbindung? Etliche Hofdamen kauften bei Großmama Stieböck ein. Tatsache ist, eines Tages gab Mizzi der Tochter Sisis und Kaiser Franz Josephs privat Klavierunterricht.

Großmama war hoffnungsvoll. Irgendwann würde Mizzi einem Erzherzog auffallen, er würde sich in sie verlieben und sie heiraten, allen Widerständen zum Trotz.

Ehen zur linken Hand waren Habsburger-Tradition! Sogar der Thronfolger lebte in unstandesgemäßer Ehe. Dabei war diese Chotek immerhin eine geborene Gräfin! Und Erzherzog Johann hatte eine Bürgerliche gefreit, diese Plechl oder Plichl oder Plochl, eine obskure Person.

Großmama sah sich schon bei Hof, morganatische Schwiegermutter, zum innersten Kreis gehörend.

Der Traum platzte.

Schuld war Papa.

~

Meine Eltern lernten einander in jungen Jahren kennen. Kupplerin war die Musik.
Theo, Mizzis Bruder, und Karl, beide Schüler am Hietzinger Gymnasium, wurden bei Schulkonzerten aufeinander aufmerksam. Theo spielte Klavier („mit ekler Geläufigkeit“, fand seine kleine Schwester), Karl sang. Er hatte von der Natur einen prachtvollen Bass mitbekommen, weich, samten, großzügig bemessen, und schmetterte sich, ungehindert von künstlerischen Bedenken, quer durch die Opernliteratur.
Bei Stieböcks, in der hochherrschaftlichen Villa in Ober-Sankt-Veit, gab es Hauskonzerte.
Karl wurde eingeladen. Der solide Prunk der Räume beeindruckte ihn. Er selbst bewohnte seit dem frühen Tod seines Vaters mit Mutter und Schwester eine ärmliche Wohnung in der Singrienergasse in Meidling. Bei Stieböcks gab's gobelinbezogene Fauteuils, teure Teppiche, Luster aus Muranoglas sowie, auf zwei Seitentischen, ein üppiges Buffet: edles Obst, vielerlei Käse, helles und dunkles Brot, Salami, Schinken, Pasteten, Sachertorten, Apfelstrudel, staubzuckerbeschneite Buchteln mit heißer Vanillesauce, alles kunstvoll arrangiert rund um das chromblitzende Glanzstück, einen Schinkenschneider mit Kurbel!
Mizzi, zwölf, saß am Klavier. Karl sang die Kavatine des Figaro aus dem „Barbier von Sevilla“ von Rossini. „Largo al factotum della città!“
Als er ihr mit dem Schlusston, einem „G“, imponieren wollte, indem er ihn endlos aushielt, sagte sie knapp:

„Schon gut!“, klappte das Instrument zu und verliebte sich in ihn.
Er seinerseits brauchte länger.
Endlich, nach vielen Stunden gemeinsamen Musizierens („Eure Mutter hat mir die ärgsten Unarten abgewöhnt!“), Dutzender gewechselter Briefe („Liebes Fräulein!“, „Lieber Winiewicz!“) und zahlreicher Fehldiagnosen („Er liebt mich nicht!“, „Sie liebt mich nicht!“) heirateten Karl und Mizzi fünfzehn Jahre später in der Pfarrkirche Hietzing, gegen den Willen der Mama.
Am Tag der Trauung saß sie im Café Gröpl beim Fenster, schaute dem Hochzeitspaar nach und weinte in ihren Kaffee.
Sie hatte Grund, zu weinen. Österreich war Republik, der Ehemann verstorben, die Witwenrente karg, die Villa in Ober-Sankt-Veit den Gläubigern zugefallen, vom soliden Prunk nichts übrig als der noble Schinkenschneider und Goethes gesammelte Werke, das Geschäft in der Spiegelgasse geschlossen, niemand brauchte Schmuckfedern und Krönchen, die Söhne Leo und Theo hoffnungslos zerstritten und Mizzi, die schöne Mizzi – die Türen der vornehmen Welt wären ihr offengestanden! –, Gattin eines kleinen Beamten, der noch dazu schielte! Mon Dieu!

~

Papa war tatsächlich Beamter.
Als frisch promovierter Jurist in die DDSG eingetreten, die Erste Donaudampfschifffahrtsgesellschaft, war er dort im Lauf der Jahre für vieles zuständig geworden: Tarife, Reiserouten, Fahrpläne, Donauhandbuch, Kontakt zu den Schifffahrtsgesellschaften anderer Donauländer. Er war oft in Ungarn, Bulgarien, Rumänien und brachte uns Kindern allerlei buntes, handgeschnitztes Spielzeug mit, Holzpferdchen, Tamburine, Hirtenflöten, denen wir quietschende Töne entlockten, Lammfellmützen, „Katschulla" genannt, die wir im Winter aufsetzten, obwohl sie uns viel zu groß waren, öliges Halva, klebriges Rahat, picksüße Rosenmarmelade.
Sein Titel „Oberschifffahrtsrat" stand auf Visitenkarten, die er nie fand, wenn er sie suchte. Ein paar lagen jahrelang unter einem der ungleichen Beine des wackelnden Küchentischs.
Mein Vater liebte die Donau. Vor allem das Donaudelta. Während des Ersten Weltkriegs im rumänischen Brăila stationiert, erkundete er die Gegend, befuhr das weitverzweigte Gewässer mit den einheimischen Fischern, trank mit ihnen, sang mit ihnen und lernte die Vögel unterscheiden – Kormorane, Kraniche, Reiher.
Manchmal führte er sie uns vor, als Schattenspiel, mit den Händen hinter einem beleuchteten Leintuch, und kein Fernsehen, kein Film, kein Theater hat mir je mehr Vergnügen gemacht als Papas Vogelwelt, vergleichbar nur dem Behagen, wenn er uns abends, auf einem Küchenschemel zwischen unseren Betten sit-

zend, unsere Lieblingsgeschichte vorlas, „Prinz Achmed und die Fee Peri Banu" aus „Tausendundeine Nacht": „Drei Königssöhne, Brüder, verlieben sich in die schöne Prinzessin Nur en-Nahar, eine verwaiste Cousine, vom Vater der drei Prinzen liebevoll großgezogen, alle drei wollen sie zur Frau. Ihr Vater, der keinen der drei Prinzen bevorzugen will, bestimmt: ‚Zieht in die Welt, meine Söhne, und wer von euch dreien das schönste, kostbarste Geschenk mitbringt, der soll die Prinzessin heimführen.' Die Prinzen fügen sich. Als Kaufleute verkleidet, versehen mit schnellen Pferden und schier unerschöpflichem Geld, machen sie sich auf den Weg, ziehen drei Tagereisen auf derselben Straße dahin, kommen an eine Stelle, wo diese sich dreifach teilt, beschließen, ab hier getrennte Wege zu gehen, und kehren eine letzte Nacht in einer Herberge ein. Hier wollen sie sich übers Jahr wiedertreffen und ihre Geschenke vergleichen. Gesagt, getan. Ein Jahr später kehren sie in die bewusste Herberge zurück, umarmen einander und jeder zeigt, was er gekauft hat: Husain ein schlankes Fernrohr aus purem Elfenbein, Ali einen künstlichen Apfel mit kostbaren Steinen besetzt, Achmed einen verblassten Teppich. Es sind drei Zauberdinge. Das Fernrohr zeigt jedweden Ort der Erde, den man zu sehen wünscht, der Apfel heilt jegliche Krankheit. Der fahle Teppich kann fliegen.
Die Prinzen richten das Fernrohr auf Prinzessin Nur en-Nahar und sehen entsetzt: Sie ist krank. Todkrank! Sie liegt im Sterben! Sofort besteigen sie den Teppich, fliegen heim, lassen die Sterbenskranke am Zauber-

apfel riechen und siehe da, sie gesundet! Doch wer bekommt sie zur Frau? Alle drei Prinzen sind an Nur en-Nahars Errettung in gleichem Maß beteiligt: ohne Fernrohr keine Kenntnis der Krankheit, ohne Teppich keine schnelle Heimkehr, ohne Apfel keine Genesung. Der König sagt: ‚Meine Söhne, nehmt Pfeil und Bogen, reitet hinaus und schießt eure Pfeile ab. Der, dessen Pfeil am weitesten fliegt, wird Nur en-Nahars Gemahl.‘ Husain schießt als Erster. Dann Ali. Sein Pfeil überholt den des Bruders. Achmed schießt als Letzter. Sein Pfeil, unauffindbar, bleibt wie vom Erdboden verschluckt. Ali heiratet Nur en-Nahar. Husain zerreißt sein Gewand, bestreut sein Haupt mit Asche und lebt fortan als Bettelmönch. Achmed geht auf die Suche nach seinem verschwundenen Pfeil, wandert fünf Tage und fünf Nächte und findet ihn, Meilen entfernt, auf einer Felsplatte liegend, neben einer Eisentüre. Achmed will die Türe öffnen. Sie öffnet sich von selbst. Musik ertönt, leise Musik von nie gehörter Süße. Achmed durchschreitet die Pforte und findet sich in einem Garten von märchenhafter Pracht. Blüten in allen Farben verströmen betörenden Duft, Brunnen plätschern, Nachtigallen singen, Paradiesvögel schwirren umher wie fliegende Juwelen. Achmed geht wie im Traum und steht plötzlich vor einem Schloss aus weißem, glänzendem Marmor. Vor dem Tor wartet ein Mädchen, schöner als Nur en-Nahar. Es ist die Fee Peri Banu, die Tochter des Geisterkönigs. Sie verneigt sich vor Achmed und spricht: ‚Gute Nacht, schlafts gut!‘“

Papa macht es wie Scheherazade, die schöne Erzählerin der „Geschichten aus Tausendundeiner Nacht", die immer dann verstummt, wenn es am spannendsten wird.
Dass es dabei um ihren Kopf geht, dass sie um ihr Leben erzählt, weil der Sultan, ihr Zuhörer und Gatte, die Ehefrau am Hochzeitsmorgen erbarmungslos töten lässt (die erste hat ihn betrogen!), verschweigt unser Vater wohlweislich.
Was ihm nicht gefällt, ignoriert er.

~

Das Schielen, fand Großmama, war übrigens nicht das Schlimmste. Das Schlimmste: Am 1. Mai marschierte ihr Schwiegersohn mit den Sozialdemokraten über die Wiener Ringstraße, eine rote Nelke im Knopfloch. Und sein Trauzeuge war ein gewisser Max Winter gewesen, linker Schreiberling und Revoluzzer.
„G'hören alle eing'sperrt! Alle!"
Papa nimmt's gelassen, sagt: „Sie hat ja recht. Mizzi hätte wen Besseren verdient", geht Schwiegermama aus dem Weg und singt:

> „Vom Patriziertum blieb leider
> übrig nur der Schinkenschneider!"

Nach der Melodie des beliebten Volkslieds: „Auf der Mauer, auf der Lauer sitzt a große Wanzn!"

~

Mein Vater war, in der Tat, Sozialist. Nicht in der Tat. Im Herzen! Er trat der Partei nicht bei. Vereine waren ihm suspekt, egal welcher Geistesart; Nudisten, Esperantisten, Kleintierzüchter, Burschenschafter alle gleichermaßen zuwider.

Er hatte ein zu scharfes Auge für die niedrigen Nebenaspekte hochtrabender Programme, ein zu empfindliches Ohr für die Leere pompöser Worte.

Als Onkel Pepi, mittlerweile glühender Vegetarier, uns partout bekehren wollte, stellte Papa sich mit uns in einer Reihe auf und wir sangen im Chor: „Die-Pflan-zen-le-ben-auch!"

Und als „die Roten" sangen: „Wir sind Sozialdemokraten, Söhne des Lichts!", vervollständigte er den Text mit der Zeile: „Wir lieben den Wein und den Braten, aber sonst tun wir nichts!"

Dieser Individualismus kostete ihn letztlich das Leben. Als Hitler Österreich überrannte, verhalf die verbotene Sozialdemokratische Partei etlichen ihrer Mitglieder zur Flucht nach Schweden. Unser Vater war kein Mitglied. Nichtsdestoweniger war er Wegbegleiter der „Männer der ersten Stunde", die nach dem Zweiten Weltkrieg halfen, Österreich aufzubauen. Ihre Namen, aus Kindertagen vertraut, stehen heute im Wiener Straßenverzeichnis: Beppo Afritsch, Innenminister unter Julius Raab, hat seine Gasse in Kagran, Anton Tesarek, von

Max Winter für die Idee „Kinderfreunde" begeistert, seinen Platz am Wienerberg, Josef Holaubek, gelernter Tischler, der es vom Feuerwehrmann zum Wiener Polizeipräsidenten brachte, seinen Platz am Alsergrund und Friedrich Hillegeist, Sekretär des Bundes der Industrieangestellten, seine Straße im zweiten Bezirk. In Sachen „Industrieangestellte" schickte er meinem Vater umfangreiche Rundschreiben, deren Rückseite unbedruckt war. Judy bewahrte die Blätter im Küchenkastl auf und wenn jemand Schmierpapier suchte, fragte sie: „Brauchst ein'n Hillegeist?"

~

1929 starb meine Mutter, sechsunddreißig Jahre alt, an akutem Nierenversagen. Dialyse gab es nicht.

Der Tag kam, da wollte ich Genaues über ihren Tod erfahren. Tante Jetti, Onkel Pepi, Onkel Leo sagten, sie wüssten nichts.

Als Tante Jetti begriff, ich würde mich mit dieser Antwort niemals zufriedengeben, sagte sie: „Eure Mutter ist am Steinhof gestorben, in der geschlossenen Abteilung."

„Im Irrenhaus?"

Sie nickt.

„Wer hat die Krankengeschichte?"

„Liegt unter Verschluss."

„Ich will sie einsehen! Ich bin ihre Tochter!"

„Dem Karl haben sie sie auch nicht gezeigt. Und der war ihr Mann! Vergiss es!"

„Das werde ich bestimmt nicht tun! Ich besorg' mir die Krankengeschichte!"
„Versuch's!" Die Tante sagt es im Ton vorauseilender Resignation.
Ich gehe den „Wiener Weg": Man kennt wen, der kennt wen, den kennt wer, der wiederum kennt … und so weiter.
Der handgeschriebene Text riecht schwach nach Karbol. Ich lese: „Gotteslästerung, Tobsuchtsanfälle, mussten ihr die Jacke anlegen."
Die Zwangsjacke! Meiner Mutter! Der Musikerin, die am liebsten weite Gewänder trug. Der Künstlerin, die Schönberg und Alban Berg anerkannte, Kokoschka und Schiele liebte, die sich vom Dienstmädchen duzen ließ, die Zwänge der Zeit bekämpfte.
Meine Eltern waren aus dem Verband der Katholischen Kirche ausgetreten, als Protest gegen Prälat Ignaz Seipel und dessen Billigung des Schießbefehls am Tag des Justizpalastbrands.
„Es gab neunundsiebzig Tote", erzählte Tante Jetti gern. Sie und Onkel Pepi waren damals um ihr Leben gerannt. „Und die Berittenen sind in die Menge gesprengt."
Die Berittenen!
Jettis Geschichte klang wie einer von Judys Romanen. Da gab's auch Berittene.
Doch was ich in Händen hielt, das war kein Ritterroman. Das war das Protokoll des Sterbens meiner Mutter.
Gotteslästerung!
Hatte Mizzi Seipel beschimpft? Und die geistlichen Schwestern empfanden das als Gotteslästerung? Und

wieso Tobsuchtsanfälle? War sie unglücklich gewesen? War der Karriereverzicht zugunsten von Ehe und Familie schmerzhafter, als Papa ahnte? Die Entfremdung von der Mutter belastender als gedacht? Hatte ihr meine Geburt den Rest gegeben, zwei Tage und zwei Nächte Wehen im Rudolfinerhaus?
Ich weiß, wie Zwangsjacken aussehen: Sackleinwand, überlange Ärmel, vorsorglich zugenäht. Zwei Pfleger stülpen dem Kranken das Ding blitzschnell über den Kopf, schieben die Arme in die Ärmel, kreuzen und verknoten sie.
Meine Mutter, wehrlos, verschnürt, ein Paket der Verzweiflung. Sie ahnte nicht, dass ihr Tod gnädiger war als jener, der ihrem Mann bevorstand.

~

Ich habe den Tod meiner Mutter nicht bewusst wahrgenommen. Ich war elf Monate alt.
Im Stadium des Gefüttert-, Gewaschen-, Gewickelt-, Herumgetragenwerdens blieb mir der Verlustschmerz erspart.
Meine Schwester, fünf Jahre älter, hat den Schlag nie verwunden.
Später erzählte sie mir, ihre schönste Erinnerung sei das Lachen der Eltern gewesen, abends im Nebenzimmer, der Lichtstreifen unter der Türe und die „Dichterliebe" von Schumann, Lieder nach Gedichten von Heine, die unser Vater sang, von seiner Frau begleitet.

Eines Tages erschien Fräulein Anny, eine Studienkollegin unserer Mutter – sie nannte sich „Klaviervirtuosin“, trug meistens zu enge Kleider und puderte ihre Nase so ausgiebig, dass ich dachte, sie nähme Mehl –, unterm Arm Schumannlieder und bot an, Papa zu begleiten.
Er dankte und lehnte ab.
Daraufhin schlug sie vor, aus mir ein Klavierwunderkind zu machen. Auch das Projekt fand keine Gnade.
Fräulein Anny zog ab, beleidigt, und tauchte erst im Krieg wieder auf.

~

Judy macht Gemüsesuppe. Ich darf die Erbsen auslösen. Bevor ich die Schote aufdrücke, schätzen wir, wie viele Erbsen sie enthalten wird. Wer's errät, bekommt einen Groschen. Ich hab' schon sechs Groschen beisammen!
Papa ist im Büro. Meine Schwester ist in der Schule. Graupi schläft. Ich hab' Judy für mich allein!
Sonst, wenn Papa daheim ist, ist er die Nummer eins. Dann kommt Nummer zwei, meine Schwester. Dann ich. Ich bin Nummer drei. Manchmal hab' ich Angst, das stimmt nicht, Judy mag den Graupi lieber und ich bin Nummer vier. Aber jetzt ist alles in Ordnung.

~

Judy ist längst Muttterersatz, Haushälterin, guter Geist. Und sie ist eine Schönheit. Sie weiß es. Wir wissen es. Papa macht sich darüber lustig. Wenn sie ihr Muttermal an der Wange mit Kohlestift schwärzt – „Ein Schönheitspflästerchen, wie die Dubarry!" –, sagt er: „Geh, Dubarry, wärm lieber das Gulasch auf!"
Meine Schwester, Schülerin der Volksschule Hietzing am Platz, berichtet vom Elternsprechtag, dankbar und stolz: „Sie war die Schönste!"
Nicht von ungefähr. Judy hat ein „Schönheitskastl". Es enthält Lippenstift, Rouge, Wimperntusche, Puder, Parfum, Papilloten. Wenn Judy die Haare eindreht, lässt sie die Lockenwickler unter einem Tuch verschwinden, dem Geschenk eines Verehrers. Es ist aus nachtblauer Seide, mit silbernen Sternen bestickt, und wenn sie es trägt, kunstvoll zu einem Turban geschlungen, schaut sie aus wie die Fee Peri Banu.

~

Judy hat viele Verehrer. Sie gehen bei uns ein und aus, von Papa amüsiert geduldet, helfen im Haus und verwöhnen uns, in der Hoffnung auf Protektion.
Ein Buchhalter namens Herbert übt mit meiner Schwester Addieren, ein Chemiker namens Igor erzeugt ein famoses Kracherl aus Zucker und weißem Pulver, ich glaube, Weinsteinsäure, ein ewiger Student namens Pauli bläst mit uns Seifenblasen. Außerdem ist da noch Seppl im fernen Kanada, gebürtig aus Unter-

lamm. Judy ist seine große Liebe. Er heißt jetzt Joe, hofft noch immer und schreibt ihr jede Woche.
Sie liest seine Briefe nicht, schneidet aber die Briefmarke ab, meistens ein gekröntes Haupt, und bringt es Herrn Striberny, dem Fleischhauer: Gottlieb Striberny, feinste Wurst- und Selchwaren, eigene Schlachtung.
„Dank' schön, Fräuln Tschudi, dankschön, mei Frau is scho grantig auf Ihnen, jede freie Minutn sitz i mit der Pinzettn über mein' Album."
Was eine Pinzette ist, weiß ich. Judy benützt eine solche zum Augenbrauenzupfen, delikate Tätigkeit, von mir fasziniert verfolgt. Striberny mit einer Pinzette? Der Mann hat Riesenpranken!
Joes Treue verhalf uns zu Tafelspitz, dem Graupi zu Innereien edelster Qualität. Das Katzenfutter hieß „Vierazwanzger", roch appetitlich, und Graupi verschlang es meistens noch aus dem Papier auf dem Tisch, wenn Judy vom Einkaufen kam.
Papa fand das unhygienisch.
Eines Abends kommt er spät heim. „Was gibt's zu essen?"
„Nix. Du hast g'sagt, du gehst ins Gröpl."
„Im Gröpl ist Billardturnier. Geh ich halt zum Dommayer."
Papa nimmt seinen Hut.
„Wart. Setz dich. Ich mach' dir was."
Papa hängt seinen Hut wieder auf.
Meine Schwester und ich sind verwundert. Was will sie ihm machen? Es gibt nichts. Die „Kuchlkredenz" ist leer. Elektrische Kühlschränke gab's nicht. „Eiskasten" hatten wir keinen. Das Ding brauchte wöchent-

lich Nachschub, schwere Fuhrwerke schafften die Eisblöcke zu den Kunden, eine Tropfenspur hinterlassend, die bei Minusgraden gefror.
Wir sitzen im Nachthemd da, hätten längst im Bett sein sollen, haben auf Papa gewartet, und nicht nur auf ihn! Auch auf Achmed und die Fee Peri Banu, die immer noch vor dem Schloss stehen.
Judy legt ein Gedeck auf und serviert unserem Vater „Vierazwanzger", verfeinert mit einem Schuss Rotwein.
„Na bitte", sagt Papa und tunkt die Sauce auf, „du hast ja doch was gehabt! Für wen war das reserviert? Für den Herbert? Den Igor? Den Pauli? Mir machst du ja nie so was Gutes!"

~

Ich war ein verfressenes Kind. Wer mir etwas Süßes zusteckte, war meiner Gunst gewiss. Mein Gesicht rundete sich. Judy, die dicken Frauen im Leben keine Chance gab, fragte: „Was willst du sein, wenn du groß bist? Eine Gazelle? Oder ein Rhinozeros?"
Ich fange an zu weinen. Judy bleibt unbeeindruckt. Ich höre zu weinen auf.
„Gegessen wird daheim und sonst nirgends! Hast du mich verstanden?"
Ich nicke und schließe die Patschhand fester um das Täfelchen Milchschokolade in meiner Schürzentasche, ein Geschenk Frau Schiffs, der Hausmeisterin.
Sie wohnt im Hinterhof. Ich sitze gern in ihrer Küche.

Dort steht ein gemauerter Herd. Wenn Frau Schiff die eisernen Ringe mit dem Schürhaken hebt, die Flammen herauslodern, Funken sprühen und ihr Gesicht rot erglüht, kommt sie mir vor wie die Hexe in Hänsel und Gretel. Dann fürchte ich mich, nehme mir vor, das nächste Mal sicherheitshalber ein Stück Knofel einzustecken, Schutz gegen Vampire und Hexen, wie Judy verlässlich weiß, vergesse prompt, fürchte mich wieder und reg' mich dabei so schön auf wie beim Hochschaubahnfahren im Prater.

Frau Schiff kocht gern. Warmes Süßes ist ihre Spezialität: Mohnnudeln, Palatschinken, Marillenknödel, Powidldatschgerln. In ihrer Küche duftet's wie beim Bäcker Cziczek in der Früh.

Oft komme ich satt nach Hause, werde verhört und lüge.

„Hast du bei der Frau Schiff was gegessen?"

„Nein."

„Bestimmt nicht?"

„Nein!"

„Also, was jetzt? Gegessen oder nix gegessen?"

„Nix! Nix!"

Judy drückt mit dem Zeigefinger auf meine Nase, ihren Lügendetektor. Weich: Lüge. Hart: Wahrheit.

„Patzweich! Du solltest dich schämen!"

Ich beginne zu quengeln.

„Raunz nicht!"

Ich quengle lauter.

„Ruhe! Du hast also nix gegessen bei der Frau Schiff?"

„Nix! Nix!"

„Na schön. Setz' dich her."

Ich gehorche.
Judy rührt in einem Reindl, dreht das Gas klein – fades Gas! Keine Funken! –, lächelt mir zu und fragt: „Was gibt's denn heut bei der Frau Schiff?"
Mein Vollmondgesicht verklärt sich: „Gisma mit Nocka."
Das hieß: Grießschmarrn mit Zwetschkenröster.

~

Papa ist einsilbig geworden. Manchmal kommt er abends spät heim, wir wissen nicht, von wo, und warten vergeblich auf die Fortsetzung der Geschichte von Achmed und der Fee Peri Banu. Wir wissen zwar mittlerweile, was Peri Banu sagte: „Ich weiß, wer du bist und wer Nur en-Nahar ist, zu der du in Liebe entbrannt bist und die deinen Bruder Ali zum Mann genommen hat, doch nun sage mir die Wahrheit: Wer gefällt dir jetzt besser an Schönheit und Anmut, ich oder Nur en-Nahar?" Worauf Prinz Achmed erwidert: „Hohe Herrin, du Schönste der Schönen, ich begehre nichts, als in deiner Nähe zu leben und zu sterben." Worauf sie sich prunkvoll vermählen und in Freude und Wonne miteinander leben, bis Achmed, von Sorge um den Vater geplagt, die Gattin um Erlaubnis bittet, ihn besuchen zu dürfen.
Wir müssen uns gedulden.
Judy wirkt Wunder, kocht, wäscht, bügelt, putzt, füttert Graupi und singt: „Heute Nacht in Monte Carlo möcht ich tanzen unter Palmen mit dir!"

Sie hat sich verliebt. In Goethe!
Johann Wolfgang von Goethe. Kein Witz. Er ist ihr im Traum erschienen, berichtet sie in der Früh, hingegossen wie auf dem Bild „Goethe in der Campagna“, mit dem schönen breitkrempigen Hut, den zierlich geschnürten Kniehosen und dem weiten weißen Mantel, ist auf sie zugegangen, hat den Hut gezogen, sich verbeugt und gesagt: „Ich liebe Sie!“
Papa, auf Dienstreise in Ungarn, erfährt mit Verspätung davon und beschränkt sich darauf, zu bemerken: „Der Geheime Rat hatte schon immer einen Hang zum Küchenpersonal.“
Judy steigt auf einen Sessel und holt Goethes „Gesammelte Werke, Band 16, Gedichte“ herunter. Die zwanzig Bände, Goldschnitt, Reste des Patrizierhaushalts, schlummern auf dem obersten Regal. Judy staubt Band 16 ab, blättert und entscheidet sich für die Ballade „Der Gott und die Bajadere“.
„Was ist eine Bajadere?“, fragt meine Schwester.
Judy sagt: „Wer' ma gleich sehen“, und beginnt zu deklamieren:

> Mahadöh, der Herr der Erde,
> kommt herab zum sechsten Mal,
> dass er unsers gleichen werde,
> mitzufühlen Freud' und Qual.

Ich verstehe nicht, was sie sagt. Aber wie sie es sagt, das gefällt mir. Als gäb's eine Feiertagssprache, zu schade für jeden Tag.

Als er nun hinausgegangen,
wo die letzten Häuser sind,
sieht er, mit gemalten Wangen,
ein verlor'nes schönes Kind.

Mit den gemalten Wangen hatte ich kein Problem. Wahrscheinlich hatte diese – wie heißt sie? – ein Schönheitskastl, wie Judy. Aber wieso ist sie plötzlich ein Kind?

Grüß' dich, Jungfrau! – Dank der Ehre!
Wart', ich komme gleich hinaus –
Und wer bist du? – Bajadere,
Und dies ist der Liebe Haus.

Graupi springt auf Judys Schoß und reklamiert sein Frühstück. Judy legt Band 16 beiseite, schneidet „Vierazwanzger" klein, füllt sein Schüsserl, stellt es auf den Boden, nimmt Goethe wieder zur Hand – Band 16 hat seither Fettflecken – und deklamiert, untermalt von Graupis Geschlabber, die restlichen sieben Strophen bis zum dramatischen Ende: Der Gott gibt vor, zu sterben. Die Bajadere folgt dem Geliebten freiwillig in den Flammentod.

Es freut sich die Gottheit der reuigen Sünder;
Unsterbliche heben verlorene Kinder
mit feurigen Armen zum Himmel empor.

~

Ich bin auch einmal verloren gegangen, beim Kinder-Krampuskränzchen im Parkhotel Schönbrunn, in meinem neuen Kleidchen. Es war aus rosa Seide, mit blassblauen Blümchen bestickt, und ich kam mir ungemein schön vor.
Plötzlich ist Judy weg! Ich stehe eingekeilt zwischen fremden Kindern und Eltern, Krampussen und Nikoläusen, kann weder vor noch zurück, fühl' mich verlassen, verloren und fange an zu weinen.
Ein Nikolaus beugt sich herunter. Sein Bart kitzelt meine Stirn.
„Warum weinst du?"
Ich schweige.
„Wie heißt du?"
Ich schweige weiter. Nicht mit fremden Leuten reden!, hat Judy mir eingeschärft.
„Wo ist deine Mama?"
Ich hab' keine. Ich weine weiter.
Der Nikolaus nimmt meine Hand, ich möchte sie wegziehen, geht nicht, der Nikolaus hält sie fest, steigt mit mir die Freitreppe hoch, gibt dem kleinen Orchester ein Zeichen, die Musiker hören auf zu spielen: „Meine Damen und Herren, liebe Kinder, darf ich kurz um Aufmerksamkeit bitten, das Mäderl hier neben mir, das nicht sagen will, wie es heißt, hat seine Mama verloren. Bitte abholen! Danke schön!"
Ich möchte in den Boden versinken. Im Mittelpunktstehen tut gut, aber nicht hier, begafft.
Judy kommt angerannt. Die Musiker spielen weiter.

Das rosa Kleid mit den Blümchen habe ich nie wieder angezogen.

~

„Was ist eine Bajadere?“ Die Frage meiner Schwester stünde noch heute im Raum, wäre nicht Verehrer Pauli, der ewige Student, mit einem Sack Brennholz erschienen.
„Was willst du hier in aller Früh?“
Pauli setzt die Last ab, gekränkt, und fängt an, das Holz zu schlichten.
Meine Schwester geht zu ihm. „Was ist eine Bajadere?“
Judy holt sie weg. „Du kommst zu spät!“, hängt ihr die Schultasche um, gibt ihr einen Kuss auf die Wange und schiebt sie zur Türe hinaus.
Pauli ruft ihr nach: „Bajadere is a indische Hur'!“
„Und was ist eine Hur'?“, frage ich.
Judy überlegt. Dann sagt sie: „Eine nette Krankenschwester.“

~

Fotos aus jener Zeit zeigen mich als mürrisches Kind mit meinem Lieblingsspielzeug: einer Drahtbürste.
Ich gab sie nicht freiwillig her und nahm sie sogar mit ins Bett. Schuld daran war Onkel Leo mit seiner Angela.

Angela war ein Gerippe. Es stand, weiß verhüllt, im Parterre in Leos Ordination. Man sah die Knochenfüße. Eines Tages, guter Laune, lüftete der Onkel das Laken und sagte: „Siehst du, Mäderl, so schauen wir inwendig aus!“
„Ich auch?“
„Du auch.“
„Du auch?“
„Ich auch.“
„Der Graupi auch?“
„Ja … aber anders. Er geht ja nicht auf zwei Beinen.“
„Der Graupi kann, wenn er will, auf den Hinterbeinen stehen!“
„Wir können, wenn wir wollen, auf allen vieren kriechen!“
Er deckt das Skelett wieder zu.
„Warum deckst du die Füße nicht auch zu?“
„Stören sie dich?“
Sie stören mich. Schlimmer: Sie machen mir Angst. Als könnte sich das Gerippe jederzeit fortbewegen.
Onkel Leo schaut mich an. „Fürcht’ dich nicht vor der Angela! Die tut keinem mehr was!“
„Hat sie wem was getan?“
„Sie war eine Kindsmörderin. Aber das ist lange her. Mach’ dir deshalb keine Sorgen.“
Er gibt der verhüllten Angela einen freundlichen Klaps auf den Hintern. Sie klirrt zurück. Ich bin entlassen.
Eine Kindsmörderin …
Ein Hausmeister im Karl-Marx-Hof war auch ein Kindsmörder. Er hat zwei Buben umgebracht. Es ist in

der Zeitung gestanden. Sie haben ihm beim Fußballspielen das Fenster eingeschlagen, er ist hinausgestürzt und hat ihre Köpfe so lang gegeneinander gestoßen, bis beide tot waren. Jetzt sitzt er.
Wen hat Angela umgebracht? Welches Kind? Welche Kinder?
Ich bin auch ein Kind! Ich fürcht' mich!
Nachts wache ich auf und horche. Was, wenn das gelbe Gerippe heraufgeklappert kommt?
Ich fasse die Drahtbürste fester. Ich hätte gern eine zweite. Eine für jede Hand.

~

Wir sind in die Stadt gezogen.
Papa ist kein Witwer mehr. Er hat eine neue Frau. Sie heißt Annie Hollitscher, ist sechsundzwanzig Jahre alt, Doktor der Philosophie, was das heißt, wissen wir nicht, und sie sagt, sie hat uns gern. Wir haben sie nicht gern. Wir wollen Judy wiederhaben, die netten Verehrer, Graupi! Hier darf man kein Haustier halten.
Wir wollen nach Hietzing zurück!
Annie hat unseren Vater gern. Hätte sie ihn sonst genommen, einen viel älteren Witwer mit zwei schwer erziehbaren Kindern?
Dass wir schwer erziehbar sind, sagt Annies Schwester Gerty. Außerdem vorlaut, verzogen, altklug, aufsässig, verwildert! So beginnt zwischen Gerty und uns eine

kleinliche, traurige Feindschaft, von den Katastrophen des Lebens notdürftig überdeckt.
Annie kann ihre Schwester übrigens auch nicht leiden. Aber sie gibt es nicht zu.

~

Antrittsbesuch im Haus unserer künftigen Stiefgroßmutter. Wir fahren in die Stadt.
Man hat uns zu diesem Anlass nagelneu eingekleidet, beide gleich: schwarze Lackschuhe, weiße Söckchen, Schottenrock, weiße Bluse mit duftigem Spitzenkragen, große schwarze Seidenmasche.
Die Stadtbahn rattert und rumpelt, und meine Schwester schimpft: „Als ob wir Zwillinge wären! Ich hab' schon ein Kleid getragen, da war sie im Wickelpolster!"
„Nicht so laut!", mahnt Tante Jetti, die Schwester unseres Vaters, die uns in die Stadt begleitet.
Warum sie? Warum nicht Papa?
„Die Leute schauen schon her!"
„Sollen sie!", sagt meine Schwester, zupft an ihrer Seidenmasche und schaut mich böse an. Als ob ich was dafürkönnte, bitte. Außerdem: Ich gefall' mir.
Ich trete ihr auf den Fuß. Der Abdruck meiner Sohle verunziert den schwarzen Lack. Sie zwickt mich ins Ohr, gezielt. Sie weiß genau, wo's wehtut.
Ich quietsche.
„Aufhören!", befiehlt Tante Jetti.
„Ich bin fünf Jahre älter!"

„Du setzt dich jetzt hin und bist still!“
Meine Schwester bleibt stehen, schließt die Augen und presst die Lippen zusammen. Ich glaub’, jetzt verflucht sie mich, wie der Graf Monterone den armen Rigoletto.
Station Karlsplatz. Wir steigen aus und gehen zu der noblen Adresse.
Ein dunkel getäfelter Lift. Ich darf drücken. Wir fahren in den vierten Stock.
Es gibt drei Eingangstüren.
Tante Jetti läutet.
Ein dünner kreisrunder Lichtstrahl.
Aha. Jemand schaut durchs Guckerl. Ich möchte die Zunge rausstrecken.
Der Lichtschein versiegt. Nichts geschieht. Endlich geht die Türe auf. Eine Frauensperson steht da – bodenlanges schwarzes Kleid, weißes Schürzchen, weißes Häubchen – und mustert uns. Judy würde in dem Aufzug allenfalls zum Faschingsgschnas gehen, ins Baumgartner Casino.
Eine Frauenstimme ruft. Die Person schlägt die Türe zu. Wir stehen da wie begossene Pudel. Tante Jetti dreht sich weg. Ich glaube, sie ist am Weinen.
Meine Schwester sagt fröhlich: „Gemma!“ und wendet sich wieder dem Lift zu.
Eine andere Türe geht auf. Eine alte Frau erscheint (heute weiß ich, sie war Ende vierzig), lächelt uns zu und sagt: „Verzeihen Sie! Die Josefin’ hat aus Versehen den Dienstboteneingang aufgemacht.“
Wir schauen also aus wie Dienstboten!

„Keine Ursache", sagt Tante Jetti. Sie lügt. Ich weiß, dass sie lügt! Uns sagt sie, wir sollen nicht lügen!
Die neue Großmama sagt: „Bitte kommen Sie weiter!", lässt uns eintreten, geht voraus und öffnet die Wohnzimmertüre.
Wir halten den Atem an. Für so was muss man im Schloss Schönbrunn ganz schön viel Eintrittsgeld zahlen.
„Benehmts euch!", raunt Tante Jetti.
Ein großes Eckzimmer mit Erker, Aussicht auf die Opernkreuzung. Seidene Fenstervorhänge, schwellende Polstermöbel, ein Teppich, so riesig, dass Achmed mit seinem ganzen Gefolge darauf davonfliegen könnte, Ölbilder an der Wand von Leuten in komischen Kleidern, ein Glaskasten voll Porzellan, darunter ein Ei mit Fenster, wenn man hineinguckt, sieht man eine weiße Winterlandschaft mit einem winzigen Schneemann. Wie ist der hineingekommen?
Wir halten uns an den Händen, meine Schwester und ich, längst versöhnt. Ohne es erwähnt zu haben, fühlen wir uns verpflichtet, der Familienehre zuliebe, den zur Schau gestellten Reichtum gelassen zur Kenntnis zu nehmen.
Tante Jetti hingegen, klein, scheint hier noch kleiner zu werden.
Die neue Großmama drückt auf einen Knopf an der Unterseite des Tisches. Eine Klingel ertönt. Sofort erscheint die Person im Gschnaskostüm, sagt: „Sie haben geläutet, gnä' Frau?" und knickst.
Warum knickst sie?

„Josefin', den Kaffee!" Und zu uns: „Ihr bekommt Schokolade."
Josefin' knickst (schon wieder!) und geht.
Annies Geschwister kommen. Gerty und Albert. Und Annie? Wo bleibt Annie?
Wir werden präsentiert: „Karls Kinder aus erster Ehe."
Gerty drückt uns an sich, als wären wir Postpakete. Albert hält Distanz.
„Albert ist Disponent bei einer Versicherungsgesellschaft."
Was ist ein Disponent?
Josefin' kommt zurück, mit einem Silbertablett, darauf zwei silberne Kannen, hauchdünne Porzellantassen, diverse Glasbehälter für Zucker, Milch, Schlagobers sowie, auf einem papierenen Spitzendeckchen, eine große Sachertorte.
Papa schneidet schönere Deckchen aus gefaltetem Papier. Er hat die geschicktesten Hände. Niemand schält Orangen wie er. Eine lange Schalenschraube dreht sich um die eigene Achse. Niemand spitzt Bleistifte spitzer. Niemand schnitzt schönere Schiffe. Niemand schabt Muskatnuss feiner.
Meine Schwester wird verhört. „Wie geht es dir in der Schule?"
„Gut."
Tante Gerty will Näheres wissen. Welche Noten? In welchen Fächern?
„In Mathe hab' ich einen Einser."
Dass sie diesen Einser der Aufopferung Herberts verdankt, Judys chancenlosem Verehrer, lässt sie wohlweislich unerwähnt.

Dann komme ich an die Reihe.
„Wie geht's dir im Kindergarten?"
Mein Mund ist voll. Ich schweige. Mit vollem Mund soll man nicht reden, sagt Frau Schiff. Einmal wäre ich bei ihr fast erstickt, an einem Zwetschkenkern aus ihrem Zwetschkenkuchen. Den Schreck hat sie nie vergessen.
„Ich habe dich etwas gefragt!"
Tante Jetti springt in die Bresche: „Das Kind geht in einen Montessori-Kindergarten."
Meine Schwester steuert bei: „Sie muss alles selber machen! Die Kinder arbeiten wie blöd und die Tanten schauen zu und tun nix."
Tante Gerty blickt zum Himmel. Die neue Großmama lächelt. Vielleicht ist sie gar nicht so arg.
„Dort drüben im Schrank sind Bücher", sagt sie zu meiner Schwester. „Die haben meinen Kindern gehört. Möchtest du sie dir ansehen?"
Meine Schwester steht auf, geht zum Schrank, er ist aus hellem Holz und in die Türen ist ein Bild aus dunklem Holz eingeschnitten, Häuser, mit Säulen, und Bäume und ein Berg, aus dem es raucht, holt die Bücher heraus, legt sich bäuchlings auf den Teppich, was Tante Gerty missfällt, blättert, liest da und dort ein bisschen, steht auf, räumt die Bücher weg, schließt den Schrank, geht zur neuen Großmama und sagt: „Alle fad."

~

Die Hollitschers waren Juden, Großbürger, längst assimiliert. Vater Hollitscher, früh verstorben, war Rechtsanwalt gewesen. Seine Witwe Marie, geborene Fuchs, blieb mit den Kindern Annie, Albert und Gerty fast mittellos zurück und bat ihren Bruder um Hilfe.
Der Bruder half. Doktor Otto Fuchs, Prokurist des Bankhauses Rothschild, Wien, sorgte großzügig für die Schwester, die zwei Nichten und den Neffen, was ihm innerhalb der Familie majestätischen Nimbus verlieh.
Die Tatsache, dass in der Bank tagtäglich Millionenbeträge durch seine Hände gingen, verherrlichte ihn zusätzlich. Wenn man Onkel Otto erwähnte, geschah es im Flüsterton, und beim gemeinsamen Nachtmahl wurde, wie in der Hofburg, unverzüglich abserviert, sobald er den Teller wegschob.
Die fünf bewohnten das ganze oberste Stockwerk des Hauses Bösendorferstraße 2. Der Grundriss der gemeinsamen Wohnung entsprach einem halbierten Rechteck. Von den drei Eingangstüren führte eine in die Räumlichkeiten der Familie Hollitscher, eine in den Dienstbotentrakt, die dritte in Onkel Ottos Wohnung.
Wenn man die Hollitscher-Wohnung durch den Familieneingang betrat und sämtliche Zimmer durchquerte, kam man gegenüber heraus, bei Onkel Ottos Tür.
Das durfte man aber nicht. Es war der Familie verboten, ihn „innen herum“ zu besuchen. Ob das Verbot tatsächlich von ihm erlassen worden war oder vorauseilender Diskretion der von ihm Finanzierten entsprang, weiß ich nicht.

Tatsache ist, wer zu Onkel Otto wollte, musste im Flur anläuten. Dann öffnete Ignaz, der Diener, ein älterer Herr mit Glatze in weißem Hemd, grauer Hose mit scharfer Bügelfalte und grün gestreiftem Gilet, und fragte gemessen: „Sie wünschen?"
Hollitschers duzten ihn, auch die jungen Leute. Er sagte „Sie" zu ihnen.
Judy hätte sich das bestimmt nicht gefallen lassen.

~

Ich weiß nicht, wie unser Vater an Annie Hollitscher geriet. Vielleicht durch ihren Onkel. Ingenieur Wilhelm Hollitscher hatte für die DDSG vier Hebekrane entworfen, imposante Stahlungetüme, weithin sichtbar.
Wer per Schiff nach Wien kam, musste an ihnen vorbei. Papa nannte sie „Onkel Willis Wunderwerke".
Der Konstrukteur, ein rundlicher Mann mit grauem Schnauzbart, lachte gern, erzählte Witze, deren Pointen ich nicht verstand, und war der unglaubhafte Ex-Mann einer trübsinnigen Dame, Tante Marianne genannt, die bei Hollitschers in dem Ruf stand, nicht ganz richtig im Kopf zu sein.
Sie saß, eine dürre Person, stundenlang im Erkerzimmer und bestickte Damasttischtücher mit Kreuzstich-Blümchen-Girlanden. Eines ihrer Erzeugnisse, verblichen und unbenützt, liegt in meinem Wäscheschrank.

~

Warum entschied sich unser Vater für Annie? Sie war Mizzis Gegenteil. Als hätte er mit Bedacht eine Frau ausgewählt, die in nichts, aber schon gar nichts der ersten Ehefrau glich: Mizzi war schlank. Annie mollig. Mizzi war eine Schönheit. Annie war unauffällig. Mizzi war Musikerin. Annie war unmusikalisch, spielte kein Instrument, sang falsch, konnte „Die lustige Witwe" nicht von „Fidelio" unterscheiden und war in ihrem Leben ein einziges Mal in der Oper gewesen, als Kind bei der „Puppenfee".

Dafür las sie Dostojewski, Tolstoi und Thomas Mann und hatte ihre Dissertation über Boëthius geschrieben, dessen „Trost der Philosophie" ihr im Leben sichtlich versagt blieb.

Mizzi war witzig, sarkastisch, konnte, wenn ihr danach war, ätzend-bösartig sein. Annie, die Gutmütigkeit selbst, besaß von Humor Spurenelemente, lachte aber dennoch herzlich, wenn Karl seine Späße trieb, aus reiner Freude darüber, dass er guter Laune war.

Sie liebte ihn.

Liebte er sie?

Ich weiß es nicht. Ich weiß nur – wenn beide zu Hause sind, liegt etwas in der Luft, eine Art unguter Spannung.

Der Spaß der Hietzinger Tage ist unwiederbringlich dahin.

~

„Er liebt ihre Mitgift", behauptet Onkel Albert. Gerty hat nichts Besseres zu tun, als das ihrer Schwester mitzuteilen. Annie bricht in Tränen aus.
Ich erinnere mich an den Auftritt.
Die Schwestern sitzen im Wohnzimmer. Die Türe ist angelehnt. Ich horche im Nebenraum.
„Er hat auch allen Grund", fährt Gerty fort. „Er hat Schulden!"
Schulden? Papa hatte keine Schulden! Wofür hätte er Geld gebraucht? Papa war bedürfnislos! Trug jahrelang dieselben Sachen, denselben Überzieher, dieselben Hemden von der Stange, dieselben hohen Schnürschuhe, die er beim Frühstück zuband, gleichzeitig Zeitung lesend. Gut, er ging gern ins Kaffeehaus, hielt manchmal die Freunde frei. Den Luxus durfte sich ein Herr Oberschifffahrtsrat wohl leisten!
Und doch. Irgendwie passte Schuldenmacherei zu Papa, seiner Nonchalance, seiner charmanten Sorglosigkeit. Im Hietzinger Küchenkastl stand ein Schmalztopf aus weißem Blech mit blauem Rand und Deckel, darin war das Wirtschaftsgeld. Judy nahm heraus, was sie brauchte, war er leer, wurde nachgefüllt. Haushaltsbuch gab es keines. Auch nicht zu Mizzis Zeiten. Sie spielte lieber Klavier.
Außerdem, erinnere ich mich, lieh Papa Freunden Geld, wenn sie in Bedrängnis gerieten. Bekam er es jemals zurück?

Hat Albert die Wahrheit gesagt?
Ich kann es nicht, will es nicht glauben.
Papa hat Annie geliebt. Trotz aller Unterschiede. Gegensätze ziehen sich an, hat die Frau Schiff gesagt. Sie war groß und mager und ihr Mann klein und dick.
Allerdings: Neben Liebe und Geldgier gibt es ein drittes Motiv für Papas zweite Ehe: uns! Die Kinder brauchen Ordnung! Schluss mit dem Hietzinger Chaos! Schluss mit Vierazwanzger zum Nachtmahl! Schluss mit den Herberts und Igors und Paulis! Schluss mit Goethe!
Judy war mittlerweile bei Prometheus angelangt, redete sich beim Bügeln in Rage und empfing Papa mit den Worten: „… dein nicht zu achten, wie ich!"
Bei Annie gab's Sicherheit, Gleichmaß, Ruhe, Verlässlichkeit, Regeln! Das Stubenmädchen, fünfzig, hatte kein Schönheitskastl, es gab fixe Essenszeiten, niemand holte spät in der Nacht Gulasch aus dem Café Gröpl, niemand schreckte die Kinder mit dem Gebein einer Kindsmörderin. Normale Verhältnisse eben.
Und über allem, in den Wolken, der allmächtige Onkel Otto!
Kein Zweifel: Papa hat die ganze Sache unseretwegen getan! Hat das Familienschiff in ruhiges Gewässer gesteuert und erwartet jetzt, als Belohnung, Windstille und Sonnenschein. Stattdessen erntet er Sturm.

~

Meine Schwester kann sich an die Stiefmutter nicht gewöhnen. Elf Jahre alt, intelligent, erfindungsreich, leidenschaftlich, macht sie Annie das Leben zur Hölle. Sie schweigt, wenn sie etwas gefragt wird, knallt Türen zu, schwänzt die Schule und bringt aus dem neuen Gymnasium elende Noten heim.

Papa gerät zwischen die Fronten. Hier weinende Ehefrau, hier unversöhnliches Kind. Er rettet sich ins Kaffeehaus. Im Café Parsifal sitzen die Freunde, die Lazarsfelds, die Schlesingers, der Doktor Heber, der Hofer.

Lazarsfelds sind eine Psychologenfamilie. Sohn Paul wird es in den USA zu akademischen Ehren bringen, Mama Sofie ist Präsidentin des Individualpsychologischen Vereins, dessen Sitzungen dank Annies Gutmütigkeit bei uns zu Hause stattfinden. Papa versucht jedes Mal, einige der für die Versammlung vorbereiteten Brötchen beiseitezuschaffen. Das nimmt Annie ihm übel. Kaum sind die Individualpsychologinnen weg (es waren vornehmlich Damen), gibt's Krach.

Was Schlesingers beruflich taten, weiß ich nicht mehr. Nur dass Frau Schlesinger Vizepräsidentin des Individualpsychologischen Vereins war und dass wir gemeinsam Sonntagsausflüge unternahmen, die ich hasste. Noch heute verursachen mir Namen wie „Dreimarkstein" oder „Sophienalpe" akutes Unbehagen. An die Proviantdose aus Aluminium mit luftlöcherversehenem Deckel erinnere ich mich mit Abscheu. Wenn man den Deckel hob, zeigte sich ein unerfreuliches Gemisch aus harten Eiern, Butterbroten, braunfleckigen Bananen und Papierservietten.

Hilde, Schlesingers achtjährige Tochter, mochte die Ausflüge ebensowenig.
Einmal, hinter einem Busch beschäftigt, schickte sie mich zu ihrer Mama mit der Bitte um Klopapier.
„Die Hilde schickt dich?"
„Ja."
„Sie braucht Klopapier?"
„Ja."
„Sag ihr, wenn sie Klopapier braucht, dann soll sie selber kommen!"
Mit nacktem, schmutzigem Popo?
„Hast du nicht gehört?", fragt die Vizepräsidentin des Vereins für Individualpsychologie.
Ich überbringe Hilde den Bescheid, reiche ihr ein Huflattichblatt und denke, besser keine Mama, als die.
Doktor Heber, unser Hausarzt, ist nebenbei Afrikaforscher. Er hat von einer seiner Reisen einen schwarzen Diener mitgebracht, der uns mächtig imponiert. Er ist zwei Meter groß, sein Gesicht glänzt wie Eierbriketts, er trägt seidene Pluderhosen, drei Westen übereinander, auf dem Kopf ein besticktes Käppchen und hört auf den Namen „Tschada".
Meine Schwester bestürmt den Doktor, Tschada möge sie bitte, bitte nächstens von der Schule abholen. Der Doktor winkt ab. „Der Mann ist kein Ausstellungsstück!"
Dann ist da noch Eduard Hofer, von Beruf Bankangestellter, der das linke Bein nachzieht.
„Der liebe Gott hat sich bei meinen Haxen vermessen."
Er will sich das Rauchen abgewöhnen, raucht deshalb Mentholzigaretten, riecht durchdringend nach Men-

thol, nennt mich „kleine Prinzessin“, find ich blöd, und nimmt mich gern auf den Schoß, was ich hasse.
„Wenn du groß bist, heiraten wir.“
Ich denke: Sicher nicht.
„Was sagst du dazu?“
„Nix, Herr Hofer.“
„Sag ‚Edi‘ zu mir!“
„Ja, Herr Hofer.“

~

Die erste neue Wohnung ist mir nicht gegenwärtig. Ich blicke zurück. Was erscheint?
Ein nahezu leeres Zimmer, auf dem Boden ein Bücherberg, aufgeschüttet wie Kraut und Rüben. Ein weißes Rechteck an der Wand zeigt, wo der Bücherschrank stand. Annie, tränenüberströmt, ein freundlicher Herr im Gehrock, der sich Notizen macht.
Wir werden gepfändet! Papa hat einen Schuldschein übersehen.
Es klopft.
Das „Mädchen für alles“ steckt den Kopf herein. „Darf ich servieren?“
Ein Tisch steht in der Ecke, für drei Personen gedeckt. Annie ringt nach Worten. Der Gehrock sagt, gütig: „Essen Sie! Sie brauchen Ihre Kräfte!“
Meine Schwester fragt: „Mögen Sie auch was?“
Die Sache macht ihr Spaß. Vor allem weil Annie weint.

„Du bist ein liebes Kind", sagt der Gehrock. „Danke nein, ich bin im Dienst." Er geht.
Es gibt Karfiolauflauf mit Würstchen, zum ersten und letzten Mal. Karfiol gilt in unserem Haus ab sofort als Unglücksgemüse.

~

Das Mädchen für alles heißt Leni, aus über dreißig Bewerberinnen sorgfältig ausgewählt. Später zeigt sich, kein gutes Zeugnis für Annies Menschenkenntnis.
Lenis Einstand führte zum ersten großen Familienkrach. Annie hatte bei unserem Einzug an der Esstisch-Unterseite eine Klingel anbringen lassen, wie daheim bei Mama.
Waren die Teller leer gegessen, fehlte Salz oder Senf oder Muskatnuss, Papas Lieblingsgewürz, drückte sie auf den Knopf. Dann kam Leni und fragte: „Sie wünschen?"
Papa ist empört. „Bei uns wird nicht nach Dienstboten geklingelt."
„Soll ich ‚Leni! Leni!' schreien?"
„Die Kinder können sie holen."
„Dann können die Kinder ja gleich auftragen und abräumen!"
„Warum nicht?"
Annie steht auf und greift nach einem leer gegessenen Teller.
„Stell' das wieder hin und setz' dich!"

Meine Schwester lacht.
„Halt den Mund!“
Was ist los? In diesem Ton hat Papa noch nie zu uns gesprochen.
Ich tauche unter den Tisch. Unterm Tisch bin ich gern. Man sitzt wie im tiefen Wald. Balken, Verstrebungen, Dunkel. Ein altdeutscher Ausziehtisch mit Knöpfen, Scharnieren, Schienen, Vorrichtungen seltsamer Art. Wo sich die Fußbalken kreuzen, thront eine geschnitzte Eichel, die niemand sieht. Nur ich. Sogar den Staubgeruch mag ich.
Und noch etwas, das niemand weiß: Hier in der Dunkelheit, hinter einem kleinen Holzvorsprung, hab’ ich mein Erspartes versteckt, in einer von Papas Ägyptische-Dreier-Schachteln. Vier Schilling zwanzig! Münzen! Manchmal nehme ich eine Handvoll, lasse sie klimpern und freu’ mich.

~

Annie hat klein beigegeben. Die Klingel wurde entfernt. Wenn jetzt bei Tisch etwas fehlt, läuft eine von uns in die Küche und holt das Mädchen für alles. Dann lächelt Annie verstohlen und Papa summt vor sich hin.
Leni hält die beiden für Narren. Sie weiß nicht, dass ich es weiß. Sie hat’s der Frau Horak gesagt, der Sauerkrautfrau am Naschmarkt. Ich bin danebengestanden.

Ich habe es nicht weitergesagt. Jetzt hab' ich ein Geheimnis!
Leni ist fleißig, tüchtig, geht einkaufen, kocht, wäscht und putzt.
Sie hat einen Freund namens Schurl. Schurl ist gelernter Schweißer. Er besitzt eine Pupperlhutschn, ein Motorrad Marke Puch mit Beiwagen.
Annie rügt: „‚Pupperlhutschn' sagt man nicht."
Schurl bringt einmal im Monat unsere Schmutzwäsche in die Bösendorferstraße, wo Großmama Waschtag hält.
Ich darf mitfahren!
Unsere Sachen werden mitgewaschen. Schurl karrt sie, sauber, zurück, ordentlich zusammengefaltet, ein sperriges Paket.
Ich stelle fest, die Hinfahrt mit Schmutzwäsche ist bequemer, weil kuschelig.
Schurl findet die Beobachtung „gscheit".
Ich bin ihm zugetan.

~

Dass ich ein „gscheites Kind" bin, finden auch andere Leute. Zum Beispiel Tante Jetti. Sie ist Redaktionssekretärin in Wien bei der „Arbeiter-Zeitung".
Ihr Chef, der Kulturredakteur, will neue Wege gehen: Theaterstücke für Kinder sollen von Kindern beurteilt werden.

Wir gehen also ins Theater, Tante Jetti und ich. Ich bin fünf.

„Zu deinem Geburtstag!"

Ich freu' mich. Mein erster Theaterbesuch! Auf dem Programm steht „Dornröschen".

Ich kenne die Geschichte. Judy hat sie uns erzählt. „Schuld an dem ganzen Schlamassel ist die depperte Königin! Sie hat nur zwölf goldene Teller, deshalb lädt sie die dreizehnte Fee zum großen Fest nicht ein. Kein Wunder, dass die sich ärgert und das arme Dornröschen verflucht. Merkts euch: Hauptsache, der Teller ist sauber. Ob Gold oder Blech is' wurscht."

Ein Zuschauerraum voller Kinder. Ein Lärm wie in Schönbrunn, im großen Vogelhaus. Ein sommersprossiger Knirps rutscht auf dem Hosenboden den Mittelgang bergab. Die Mama holt ihn. Er brüllt.

Wir sitzen weit vorn. Das ist schön.

Der Vorhang hat goldene Quasten. Ich kann jeden Faden sehen.

Es wird dunkel. Der Lärm verebbt. Einen Moment ist es still. Wie Weihnachten, vor der Bescherung. Der Vorhang geht auf.

Es schneit. Die Königin sitzt beim Fenster und näht. Sie sticht sich in den Finger.

Ich stecke meinen Finger in den Mund. Ich schmecke Blut. Ich bin sie, hineingezaubert ins Märchen, und nicht nur sie! Ich bin das Kind! Der König! Die dreizehn Feen! Die Rösser im Stall! Das Feuer im Herd! Der Koch und der Küchenjunge! Die Fliegen an den Fensterscheiben! Die Dienerschaft!

Ich bin alles, was jetzt sofort einschlafen wird, meine Lider werden immer schwerer, vom Schloss her weht Rosenduft – da, plötzlich, Licht!
Es tut weh.
Ein blonder Mann steht da, in Weiß, um den Hals eine goldene Kette. Sie sieht aus wie Christbaumschmuck.
„Geht's hier zu Dornröschens Schloss? Könnt ihr mir den Weg zeigen, Kinder?"
Der Prinz!
Was will der hier? Was hat der bei uns zu suchen, im taghellen Zuschauerraum? Warum fragt er uns nach dem Weg? Jeder Dodel kann Dornröschens Schloss sehen, hinter den Heckenrosen. Die duften auf einmal nicht mehr. Jetzt seh ich's: Sie sind gemalt!
Warum dreht denn niemand das Licht ab?
Ich will nichts mehr sehen, nichts mehr hören. Am liebsten würde ich brüllen wie der Knirps im Mittelgang.
„Was ist denn?", fragt Tante Jetti.
Sie bekommt keine Antwort.
Wir fahren mit der Straßenbahn.
„Das ist die falsche Richtung!"
„Nein", sagt die Tante. „Wir fahren in die Redaktion."
„Wohin??"
„Die Leute wollen wissen, wie's dir gefallen hat. Deshalb waren wir im Theater."
„Ich hab' gedacht, zum Geburtstag?"
Tante Jetti öffnet ihre Handtasche, wühlt, entnimmt ihr ein Taschentuch, entfaltet es und schnäuzt sich umständlich und lange. Es kommt dabei nichts heraus. Sie hat nämlich keinen Schnupfen.

Wir steigen aus und betreten ein graues Bürogebäude. Fünf Leute stehen um mich herum, vier Männer und eine Frau, Letztere mit Notizblock, und blicken auf mich herunter.
Ich fühl' mich eingemauert.
Der erste Riese fragt: „Na, Mäderl, wie hat's dir gefallen?"
Ich schau meine Schuhe an. Sie sind neu. Ich hab' sie zum Geburtstag gekriegt, in meinem Lieblingsschuhgeschäft, dem mit der Leuchtmaschine: Man stellt den Fuß ins Loch, der Verkäufer drückt auf einen Knopf, es summt, und der Fuß schaut aus wie der Fuß von der Angela, knochig und gelb, zum Fürchten, in grünlichem Licht, und man sieht, ob der Schuh passt oder nicht.
„Wie es dir gefallen hat!", mahnt Tante Jetti.
Ich schweige.
„Du brauchst keine Angst zu haben!", sagt die Frau mit dem Notizblock.
„Na komm' schon", sagt Tante Jetti. „Du bist doch sonst nicht auf den Mund gefallen!"
Der nächste Riese sagt: „Sag einfach, was du dir denkst!"
„Tante Jetti, wann machst du wieder deinen guten Apfelstrudel?"

~

Im ersten Stock unseres Hauses befinden sich die Büros des Bergwerks „Königsgrube". Dort liegen vor jedem Ersten Lohngelder im Tresor.
Eines Morgens ist er leer, aufgeschweißt, ausgeräumt. Die Polizei stellt Fragen. Niemand hat etwas bemerkt. Wir auch nicht. Leni schon gar nicht. Etwas an ihrem Verhalten macht die Beamten stutzig.
Leni wird observiert.
Als sie vom Naschmarkt heimkommt, ruft sie: „Gnä' Frau! Gnä' Frau! Mir is aner nachg'stiegen!"
Darauf Annie: „Vorsicht, Leni! Lassen Sie sich ja nicht von jemand Fremdem ansprechen! Man weiß nie, wer das ist!"
Leni sagt: „Da haben S' recht, gnä' Frau!"
Samstag ist ihr freier Tag. Sie zieht ihr Sonntagskleid an und besucht Schurl, den Schweißer.
Die Polizei hinterher.
Die Einbruchsbeute fand sich zwischen Schurls Unterhosen. Das Mädchen für alles hatte ihm den Haustorschlüssel gegeben.
Leni wurde fristlos entlassen. Schurl kam ins Gefängnis, nach Stein.
Ich wollte ihn besuchen. Annie hat es nicht erlaubt.

~

Sabinchen saß im Garten,
den Bräutigam zu erwarten.
Sie hatte es schon lang' am Himmel gesehn,
dass sie im Rhein müsst' untergehn.

Da kamen angefahren
dreiundsechzig Wagen.
Der letzte war mit Silber beschlagen,
darinnen sollte Sabinchen fahren.

Sie kamen zu einer Brücke.
Die Brücke brach in Stücke.
Sabinchen stürzte kopfüber, kopfunter
wohl in den tiefen Rhein hinunter.

Diese Moritat sang Lina uns gerne vor, die Nachfolgerin der glücklosen Leni, wobei sie sich auf der „Klampfn" selbst begleitete. Sie beherrschte nur zwei Griffe.
Lina war Linzerin, mit Wangen wie rote Äpfel und glattem, pechschwarzem Haar. Es glänzte wie lackiert. „Sie nimmt Schweineschmalz", behauptete meine Schwester. Wir schätzten Linas Repertoire, noch mehr allerdings ihre Tatsachenberichte: „Ich steh' also an der Eckn vorm Linzer Hauptbahnhof und wart' auf meinen Freund, den Fredi (der Fredi, ‚mit solchenen Muskeln', war Hilfskraft bei der Gepäckaufbewahrung), in meinem neuen Kleid, dem weißen, selbst genähten mit der braunen Maschn am Hintern, Maschn-am-Hintern-Binden ist schwierig, weil man hinten keine Augen nicht hat, und wie ich so steh', ganz ruhig, dass die Maschn ja nicht verrutscht,

kommt ein Hund daher, ein weißer, mit kaffeebraunen Augen, ich blöde Kuh denk' mir noch, der passt gut zu meinem Kleid, und schau ihn an, richtig freundlich, und er schaut zurück, auch freundlich, und plötzlich hebt er das Haxl und pinkelt mich an, das Schwein! In dem Moment kommt der Fredi, wie ich ihn seh', renn' ich davon, er glaubt, vor ihm, geht zurück in den Bahnhof und besauft sich im Bahnhofsrestaurant. Dort hat ihn dann die Elvira, die Kellnerin, die auf ihn scharf war, in ihr Zimmer abgeschleppt, über dem Rangierbahnhof, wo's dauernd kracht und pumpert und wo die Wände zittern, egal was da grad passiert. Neun Monate später war ein kleiner Fredi da, die Elvira hat g'sagt, von ihm, der Depp hat's geglaubt und die Elvira geheiratet. Ein Jahr drauf ist sie mit einem Fahrdienstleiter durchgebrannt und hat den Fredi mit dem kleinen Fredi sitzen lassen und da wollt' er zu mir zurück."

„Und du hast ihn nicht genommen."

„Natürlich nicht. Bin ich deppert?"

Wir beeilen uns, zu versichern, dass Lina nicht deppert ist, und bitten um die Geschichte vom Linzer Hallenbad.

„Die könnts doch schon auswendig!"

„Das ist ja das Schöne!", sagt meine Schwester und beginnt: „Im Linzer Hallenbad führt der Abfluss direkt in die Donau!"

Lina seufzt, tut, als würde sie von uns belästigt, in Wirklichkeit erzählt sie die Geschichte jedes Mal mit Genuss: „Um sieben wird zug'sperrt. Zehn vor sieben läut' der Badwaschl die Glockn, zum Totenaufweckn und schreit: ‚Abg'lassen wird! Alle ausse! Alle aus'm Beckn! Sofort!' Aber nein, was soll ich euch sagen, der Holzinger-Hubert, Sturschädl, macht noch g'schwind ein' Köpfler eine, platsch, und was passiert? Fffffft, fffffft, fffffft, saugt's ihn ins Abflussrohr, tiefer und tiefer, durchs ganze Röhrensystem, er hat 'glaubt, er derstickt und dersauft, aber er is nicht dersoffen, er hat seinen Schutzengel mitg'habt, am End' haben s' ihn, total zerschunden, aus der Donau ausseg'fischt und g'stunken hat er, der Hubsi, als wie ein Gerberhund!"

~

„Eintritt verboten" steht an der Kinderzimmertüre. Papa, auf dem Küchenschemel zwischen unseren Betten, liest vor: „‚So gehe denn hin', spricht Peri Banu, ‚besuche den Sultan, deinen Vater, doch ehe du aufbrichst, schwöre, niemandem ein Wort von unserem Glück zu sagen, noch von den Wundern, die du hier erlebst.'"
Die Türe öffnet sich einen Spalt. Meine Schwester setzt sich auf und fragt: „Hast du das Schild nicht gelesen?"
Annie darf nicht zuhören, wenn Papa uns Geschichten vorliest. Meine Schwester duldet es nicht. Ich würde es Annie erlauben, aber ich bin zu feig, es zu sagen. Wenn ich es tue, schmeißt meine Schwester mich auf den Teppich (hier haben wir einen „falschen Perser"), kniet sich über mich, fixiert meine Arme und Beine mit ihren Händen und Füßen und wischt mit ihren langen Haaren langsam über mein Gesicht, hin und her, her

und hin, was ich hasse, und ich kann nicht einmal schreien, sonst kriege ich die Haare in den Mund und das ist noch ekliger.
Aber Papa ist auch feig! Anstatt zu sagen: „Kinder, entweder Annie hört zu oder ihr lest euch selber was vor!", sagt er zu seiner Frau: „Du versäumst nichts! Die Geschichte ist lang und fad!", und schiebt sie zur Türe hinaus.
Dann kommt er zurück und liest weiter: „Also zog Prinz Achmed heimwärts, unter großer Prachtentfaltung, und sein Vater war überglücklich, den tot geglaubten Sohn in die Arme schließen zu dürfen. Alle Höflinge freuten sich. Nur der schurkische Großwesir sagte:"
Was der schurkische Großwesir sagte, erfahren wir heute nicht mehr. Papa stimmt das Schlusslied an: „Nun geht, ihr guten Leute, geht", wir singen mit,

„euch allen sei gesagt,
es hat der hohe Diwan
auf morgen sich vertagt!"

Unter dem „Hohen Diwan" – der Ratsversammlung – stellte ich mir jahrelang ein hohes Möbelstück vor.

~

Annie kämpft nicht. Sie weint. Nichts in ihrem bisherigen Leben hat sie darauf vorbereitet, Ehefrau eines unzuverlässigen Mannes und Mutter zweier aufsässiger Kinder zu sein.

Eines Sonntagmorgens, beim Frühstück, spielen wir mit Papa „Zuckerbrücke“: Man baut von Rand zu Rand der Tasse eine Brücke aus Zuckerstücken. Der, dessen Brücke als letzte im heißen Tee versinkt, hat gewonnen.
Wir bauen. Annie schaut zu. Ihre Lippen beginnen zu zittern.
Papa fragt: „Alles in Ordnung?“
Annie stößt hervor: „Mit Essen spielt man nicht!“
Meine Schwester lacht.
Annie springt auf, läuft zum offenen Fenster – will sie hinunterspringen? –, Papa ihr nach, hält sie fest.
Meine Schwester ballt die Fäuste und flüstert: „Spring! Spring! So spring doch endlich! Spring! Worauf wartest du?“

~

Februar 1934.
Vom Fenster unserer Wohnung sehen wir Kriegsgerät. Auf der Straße vor der Polizeistation gegenüber stehen Geschütze, daneben merkwürdige Dinge, die aussehen wie spitze Sterne. „Spanische Reiter“, sagt Papa. „Sollen den Feind am Vorrücken hindern.“
Und ein grüner Überfallwagen mit laufendem Motor. Aus dem Auspuff quillt es schwarz. Jemand bellt ein Kommando. Polizisten stürmen heraus, bemannen den Überfallwagen, der Motor heult auf, sie fahren ab.
Lina kommt vom Naschmarkt, mit Zeitung.

„G'schossen wird!", meldet sie. „Die Roten schießen auf die Schwarzen."
„Die Schwarzen schießen auf die Roten", verbessert Papa. Und dann: „Lina, ein Rat. Setzen Sie Ihren Hut vorderhand lieber nicht auf!"
Lina liebt ihren roten Wollhut. Sie hat ihn selbst gehäkelt, trägt ihn bei jedem Wetter und wäscht ihn alle vier Wochen mit Schmierseife in kaltem Wasser.
„Das Rot könnte provozieren."
„Aber gehen S', Herr Doktor", sagt Lina. „Wer soll mir denn was tun? Ich mach' mir nix aus Politik! Der Hut könnt' genauso gut grün sein!"
„Ist er aber nicht", sagt Papa.
Am nächsten Tag macht sich Lina auf den Weg zum Naschmarkt, wie immer, Einkaufstasche in der Hand, roten Hut auf dem Kopf.
Ein klarer Tag. Eisige Luft. Die Gehsteige schneeüberzuckert. Bei der Secession kommen ihr zwei Heimwehrmänner entgegen, Papa nennt sie „Hahnenschwanzler", und treten ihr in den Weg.
„Na, schöne Frau?", sagt der eine.
Der andere: „Netter Hut!"
„Lassts mich vorbei!", sagt Lina.
Die zwei kommen näher. Ganz nahe. Sie reißen ihr den Hut vom Kopf, werfen ihn auf die Straße, trampeln darauf herum, bespucken ihn.
„Sei froh, dass wir nicht drauf pischen!"
Dann haben sie die Lina verprügelt.

~

Eines Nachmittags, ich bin sechs, deponiert man mich in der Bösendorferstraße bei Großmama Hollitscher, warum, habe ich vergessen. Im Eckzimmer, wo der Ofen mit der bauchigen Glastüre steht, sitzen je vier Personen um drei grün bespannte Tische, reden fast nichts und haben, scheint's, Wichtiges zu tun.

Vor mir liegt ein Buch mit dem Titel „Hanslottchens schönster Ferientag". Großmama hat es mir gegeben. Ich lese schon leidlich gut. Der Einband zeigt ein Mäderl in einem Matrosenkleid – Hanslottchen. Sie kümmert sich um Else, die Tochter einer Putzfrau. Die ist so arm, die Putzfrau, dass Else nur Mehlsuppe kriegt. Da gibt es Schlimmeres! Papa hat uns von einer Holzfällersfrau erzählt, deren Kinder nur Sägespäne essen!

Die arme Else hat Schwindsucht, und Hanslottchen sorgt dafür, dass die Kranke schäumende Milch und frische Eier bekommt, worauf Else prompt gesundet.

Dem Hanslottchen bringt der Storch zur Belohnung ein Brüderchen.

Ich klappe das Buch zu, beleidigt. Die Großmama hält mich für blöd! Ich weiß längst, dass die Kinder aus dem Bauch der Mutter kommen, wenngleich die Frage, wie sie in den Bauch hineingeraten, noch einiger Klärung bedarf.

Ich schau' dem Feuer zu, das hinter der Glastüre lodert. Mir ist fad.
Stubenmädchen Josefin' erscheint mit ihrem Silbertablett, darauf Kannen, Tassen, Teller, Besteck und eine Platte mit Kuchen.
Jetzt werden sie gleich Pause machen. Und dann werden sie mich fragen, wie's mir in der Schule geht. Was anderes fällt denen nicht ein.
Ich muss vorher raus! Unbedingt! Aber wohin? Wohin? Ich fasse einen Entschluss: Ich besuche Onkel Otto. Das ist verboten, ich weiß. Frau Raab, die Frau fürs Grobe, der ich gern beim Flicken zuschau', hat mir von Zimmern erzählt, halb leeren, muffigen Zimmern, irgendwo in der Mitte zwischen den zwei Wohnungen, wo man das Fürchten lernt.
Ich nehme den Schürhaken mit, niemand merkt's, schleiche zur Tür, öffne sie einen Spalt, schiebe mich durch, schließe sie hinter mir und stehe in Alberts Zimmer.
Albert, der Disponent, hat ein Klavier. Er spielt darauf in seiner Freizeit, gar nicht schlecht, sagt Papa. Und dieses längliche Gestell, darüber eine Decke, die mir bekannt vorkommt? Ich hebe sie ein wenig: das Klavier meiner Mutter! Seit Hietzing nicht mehr gesehen. Wieso steht das in Alberts Zimmer?
Nächster Raum. Hier wohnt Tante Gerty. Zum Glück ist sie nicht zu Haus'. Das Zimmer ist freundlich, hell, modern eingerichtet.
Cousin Hansl, sein Vater ist Onkel Willi, der mit den Wunderwerken, behauptet, die neuen Möbel seien ein

Trostpflaster gewesen, weil Annie, die ältere Schwester, als Erste geheiratet hat.
Tante Gerty nennt mich „Schnupsl". Ich sage: „Ich heiß' nicht Schnupsl."
Sie sagt: „Mach' den Mund auf, Schnupsl, ich hab' Schokolade für dich!"
Ich beiße die Zähne zusammen. Schokolade ist schlecht für den Zahnschmelz. Das sollte sie eigentlich wissen. Sie studiert Medizin.
Nächster Raum. Er ist leer. Merkwürdig, dass leere Zimmer etwas Unheimliches haben. Ich fasse den Schürhaken fester und öffne die nächste Türe. Duft schlägt mir entgegen, als wäre da eine Wiese, mitten im vierten Stock. Auf hellen Holzregalen lagert Obst. Äpfel, Birnen, Dörrpflaumen, getrocknete Marillen.
Ich nehme eine Birne, beiße hinein. Der Saft rinnt über mein Kinn, honigsüß, tropft auf den Boden. Natürlich hab' ich kein Taschentuch.
Weiter, Schürhaken in der rechten Hand, tropfende Birne in der linken. Ich stoße die nächste Türe auf. Pechschwarze Finsternis! Ich krieg's mit der Angst. Ritter Blaubart! Wie viele Eindringlinge hat Onkel Otto beseitigt, mit Helfershelfer Ignaz?
Ich möchte zurück. Nein! Nein! Ich öffne die nächste Türe und stehe in Onkel Ottos tagheller Bibliothek.
Die Birne tropft noch immer, jetzt auf einen Perserteppich, der sicher kein falscher ist.
Doktor Otto Fuchs, Prokurist des Bankhauses Rothschild, sitzt auf einem Ledersessel im Schein einer hohen Stehlampe mit grünem Seidenschirm, blickt von

einem Buch auf und sagt: „Ja, wen haben wir denn da?“, weder erbost noch erfreut.
Ich meinerseits schau’ ihn an. Ich habe Onkel Otto noch nie in so hellem Licht gesehen. Irgendwie kommt er mir vor wie gemalt, vergilbtes Familienporträt in einem Ahnenschloss.
Jetzt steht er auf, kommt näher, nimmt mir den Schürhaken weg, nicht grob, aber zielbewusst, greift sodann nach der Birne und legt sie in einen Aschenbecher voll brauner Zigarrenstummel.
Grauslich.
Er bemerkt die Tropfen auf dem Teppich. Er klingelt. Ignaz erscheint. Die Flecken entgehen ihm nicht. Man sieht, wie er seine Entrüstung hinunterschluckt.
Kommt jetzt das Donnerwetter?
Verprügeln lasse ich mich nicht. Ich sage zu Onkel Otto, als hätte ich keine Angst: „Ich hab’ dich besuchen wollen.“
Er wendet sich zu Ignaz. „Wir haben Besuch, wie du siehst. Was können wir der jungen Dame anbieten?“
Und zu mir: „Ich fürchte, wir haben kein ‚Kracherl‘.“
Ich sage: „Kracherl geht einfach. Mit Zucker und weißem Pulver aus der Apotheke.“
„Haben wir weißes Pulver aus der Apotheke, Ignaz?“
„Nein, Herr Direktor.“
„Tut mir leid“, sagt Onkel Otto zu mir. „Wie wär’s mit Kakao?“
„Mit Schlag?“, frage ich.
„Haben wir Schlagobers, Ignaz?“
„Ja, Herr Direktor.“

„Ausgezeichnet. Für mich Tee. Ach ja. Und eine feuchte Serviette für Mademoiselles Gesicht und Hände. Und den da nimm bitte mit."

Er reicht Ignaz den Aschenbecher. Der nimmt ihn mit spitzen Fingern und zieht sich zurück. Sogar sein Rücken vermittelt Missbilligung.

Onkel Otto setzt sich wieder und deutet auf den Lehnstuhl ihm gegenüber.

Wir sitzen. Wir schauen einander an. Er hat einen grauen Spitzbart und graue Augen hinter funkelnden Brillengläsern.

Überhaupt ist er grau in grau. Sein Anzug und sein Hemd kommen mir anders vor als das, was Papa trägt. Winzige Unterschiede. Ich kann sie nicht benennen.

Mittlerweile kann ich es. Der Unterschied heißt Knize, Herrenausstatter, feinste Maßarbeit, Wien, Am Graben.

Eine Standuhr zirpt. Zahnrädchen rasseln. Wir haben eine solche Uhr im Uhrenmuseum gesehen.

Ignaz kommt wieder herein, mit einem Silbertablett, darauf die gewünschten Dinge. Er will servieren. Onkel Otto winkt ab.

„Ich mache das. Danke, Ignaz."

Ignaz geht ab, beleidigt, nicht ohne einen strafenden Blick auf die Birnenflecken zu werfen. Man sieht sie kaum mehr, haha.

Onkel Otto nimmt die feuchte Serviette (Monogramm: Dr. O. F.), wischt meinen Mund ab, meine Hände, dann seine eigenen, gießt Kakao ein für mich, Tee für sich und fragt: „Wie viel Stück Zucker?"

„Fünf."
Er zuckt mit keiner Wimper, zählt fünf Stück Zucker in meinen Kakao und fragt weiter: „Schlagobers?"
„Bitte ja. Einen Gupf."
Er bedient mich.
„Ist das ein Gupf?"
„Judy macht schönere."
„Judy? War das nicht euer Dienstmädchen in Hietzing?"
„Kein Dienstmädchen!"
„Sondern? Was war sie?"
Was war sie? Ich weiß keine Antwort. Ich weiß nur, wo Judy war, klafft jetzt ein schwarzes Loch. Seit unserem Auszug aus Hietzing arbeitet sie bei Onkel Leo. Er hat im neuen Hochhaus in der Herrengasse die erste Kurzwellen-Ordination eröffnet, Judy hat die Bedienung der Apparate im Handumdrehen erlernt und kümmert sich um die Patienten, von Kopf bis Fuß in Weiß.
Weiß steht ihr. Sie nennt sich „Schwester Marietta". Einmal in der Woche, am Samstag, isst sie bei uns zu Mittag, nachher gehen wir zu dritt spazieren und dann ist sie wieder weg.
Mir kommen plötzlich die Tränen, überfallsartig, übermächtig, rinnen meine Wangen entlang. Ich kann nichts dagegen tun.
Onkel Otto lässt mich weinen, wartet ohne Ungeduld, bis keine Tränen mehr kommen. Dann reicht er mir nochmals, wortlos, die Monogramm-Serviette. Ich schnäuz' mich hinein. Auch schon wurscht. Und dann fange ich an, zu erzählen: von Judy. Von Hietzing. Von Graupi. Von Herbert. Von Igor. Von Pauli. Von der

Frau Schiff. Von Herrn Striberny. Von Gott und der Bajadere.
Onkel Otto hört zu. Er lächelt. Ein winziges Lächeln. Es sitzt in seinen Augenwinkeln. Er schaut plötzlich jünger aus. Nicht mehr vergilbt.
Ich frage: „Darf ich die Serviette behalten?"
Ich schäme mich, ihm das angerotzte Ding in die Hand zurückzugeben.
Er nickt.
„Danke!"
„Gern geschehen."
„Darf ich dich etwas fragen?"
„Bitte."
„Was ist ein Disponent?"
„Oje", sagt Onkel Otto. „Das ist eine schwierige Frage. Das Wort ‚disponieren' kommt aus dem Lateinischen: pono, posui, positum. Es bedeutet: stellen, legen, etwas wo hintun. Die Position ist der Ort, wo man es hingetan hat. Disponieren heißt eigentlich nur, Dinge hin und her schieben, an ihren richtigen Platz tun."
„Onkel Albert ist also ein Hin-und-her-Schieber?"
„Ich fürchte, wir sind alle nur Hin-und-her-Schieber. Manchmal, wenn wir Glück haben, schieben wir das Ding an den richtigen Platz."
Plötzlich wird Sturm geläutet.
Großmama, Gerty, Albert erscheinen in hellem Aufruhr, gefolgt vom Kahlkopf, der tut, als wäre er nicht da.
„Das Kind ist weg!"
Onkel Otto gibt mir die Hand und sagt: „Ich danke für das Gespräch."

~

Zwischen Judy und Annie herrscht gespannter Friedenszustand. Bei den Samstag-Mittagessen, denen Papa meistens fernbleibt („Karl hat im Büro zu tun"), klirrt hauptsächlich das Besteck.

Sogar meine Schwester schweigt. Sie hat eine neue Technik: „Ich denk' sie mir weg", erklärt sie. „Schau' die Annie so lange an, bis sie verschwindet, verstehst du. Sich einfach in Luft auflöst. Wie eine Fata Morgana."

„Die ist aber etwas Schönes", gebe ich zu bedenken, Kennerin der „Geschichten aus Tausendundeiner Nacht". „Zum Beispiel eine Oase. Oder eine weiße Stadt."

„Du kapierst nix", sagt meine Schwester.

Annie sieht neben Judy noch unauffälliger aus. Sie schminkt sich nicht, trägt eine Brille, dreht ihre Haare nicht ein, zupft ihre Augenbrauen nicht, lässt die Wimpern ungetuscht. Sie hat kein Schönheitskastl.

Judy wird immer schöner. Und sie macht Konversation: „Eine ausgezeichnete Suppe!"

Darauf Annie: „Ja, wir haben Glück mit der Lina. Sie kocht wirklich annehmbar. Wie kochen Sie? Nach einem Kochbuch? Oder so, wie es Ihnen grad einfällt?"

„Bei uns am Land hat's keine Kochbücher gegeben, nur handgeschriebene Rezepte von der Großmutter. Man hat gekocht, was man hatte. Die meisten Bauern haben selber geschlachtet und geselcht."

„Ihr auch?"
„Ja, wir auch."
„Waren Sie dabei?"
„Natürlich."
„Das hast du uns nie erzählt."
„Wir haben alle mithelfen müssen. Ich hab' das Blut umgerührt, für die Blunzen. Bin auf einem Stockerl gestanden. Einmal bin ich ohnmächtig geworden, wär' fast in den Bottich gefallen, mein Vater hat mich grad noch erwischt."
„Wie alt waren Sie damals?"
„Sieben."
„Das ist ja entsetzlich", sagt Annie.
„Das ist ganz normal auf dem Land. Die Geschwister haben mich wochenlang ausgelacht."
Nach dem Essen gehen wir spazieren, Judy, meine Schwester und ich.
„Gehen wir auf die Albrechtsrampe", schlägt Judy vor.
Ich sage: „Ich will nicht auf die Albrechtsrampe."
„Warum nicht?"
„Sie hat keine Ahnung", sagt meine Schwester. „Sie weiß nicht, was eine Rampe ist."
„Natürlich weiß ich das!"
„Ah, wirklich? Was ist eine Rampe?" Meine Schwester hat recht. Keine Ahnung.
Judy lächelt mir zu und sagt: „Siehst du den Mann dort oben? Den Mann auf dem Pferd?"
Ich nicke.
„Magst du den?"
Ich nicke.

„Möchtest du zu dem Mann auf dem Pferd?"
Ich nicke.
Meine Schwester kichert. Judy tritt ihr auf den Fuß.
Wir gehen zu dem Mann auf dem Pferd.

~

Die Volksschule, die ich besuche, ist Teil einer Lehrerinnenbildungsanstalt. Wir sind die Versuchskaninchen.
Die Lehramtskandidatinnen sitzen hinter uns an der Wand wie Spatzen auf dem Telegrafendraht und müssen uns Probe unterrichten, unter den gestrengen Blicken unserer Klassenvorsteherin.
Frau Professor Sorgo, weißhaarig, klein, in bodenlangem, schwarzem Kleid, ist gütig zu uns Kindern, gnadenlos mit den Mädchen und glaubt an Körperertüchtigung. Jeden Tag in der Zehn-Uhr-Pause setzt sie sich ans Pianino und hämmert in die Tasten. Der Faust-Marsch von Gounod erklingt, martialisch verstimmt, und wir marschieren im Kreis durchs Klassenzimmer wie Häftlinge im Gefängnishof.
Einmal ist Frau Sorgo krank und wir sitzen an der Wand im ersten Stock, bei den Mädchen. Die haben Geschichtsunterricht. Die Französische Revolution.
Weiß ich alles! Weiß ich längst! Papa hat uns den Inhalt der Oper „André Chénier" erzählt. André wurde guillotiniert! Sein eigener Bruder hat für seinen Tod gestimmt!
Die Lehrerin erwähnt Danton, Robespierre, Talleyrand. Kein Wort von André Chénier!

Soll ich aufzeigen?
Nein. Papa sagt: „Nicht wichtigmachen!"

~

Vier Jahre Volksschule. Was bleibt?
Lotte Übelhör, Fleischhauerstochter, sticht mich in den Bauch. Zu diesem Zweck bedient sie sich einer stählernen Schreibfeder.
„Vielleicht war das Ganze ein Unfall", sagt Annie, immer bestrebt, von den Menschen das Beste anzunehmen.
Papa sagt: „Liegt in der Familie!", aber da täuscht er sich. Herr Übelhör schlachtet nicht selbst wie sein Kollege Striberny.
Fleischhauer, die selber schlachten, werden in Wien langsam rar.
Was bleibt noch von meiner Volksschulzeit?
Der Religionsunterricht.
Als uns der Herr Katechet von Kain und Abel erzählt, zeige ich auf und frage: „Bitte, warum hat Gott Abels Opfer ‚mit Wohlgefallen betrachtet' und der Rauch ist zum Himmel gestiegen, dabei hat der Abel ein Lamm umgebracht, das niemandem etwas getan hat, und dem armen Kain sein Rauch ist am Boden hingekrochen, dabei hat der Kain Feldfrüchte geopfert, die er selbst angebaut hat, ich weiß, wie viel Mühe das ist, die Frau Schiff, eine Freundin von mir, hat einen Gemüsegarten, wenn sie den umsticht und jätet, tut ihr nachher alles weh!"

„Mein Kind“, sagt der Katechet, „der liebe Gott wollte Kain prüfen.“
„Den Abel nicht?“
„Nein.“
„Warum nicht?“
„Liebes Kind, der liebe Gott ist uns keine Rechenschaft schuldig. Und jetzt schlagt euer Buch auf, Seite zwölf, wir gehen weiter mit den Zehn Geboten.“
Sehr gut. Ich warte dringend auf Einzelheiten betreffend Gebot Nummer sechs, „Du sollst nicht Unkeuschheit treiben“.
Was bitte ist Unkeuschheit?
Ich gestehe meine Ignoranz.
Lotte Übelhör sagt: „Dummerl!“
Ich sage: „Ich bin kein Dummerl.“
Sie sagt: „Das sagen alle Dummerln!“
Aber jetzt ist es so weit. Hochspannung! Der Katechet sagt: „Wir kommen zum sechsten Gebot, ‚Du sollst nicht Unkeuschheit treiben‘.“ Was Unkeuschheit ist, wissen wir – „Wenn man am Zumpferl zupft“, schreit Hansi Vystraczil, der einzige Bub in unserer Mädchenklasse, „dazu muss man aber eins haben.“
„Vystraczil“, sagt der Katechet, „zur Strafe schreibst du mir dreimal das Glaubensbekenntnis ab!“
Hansi greift in sein Fach und holt die Strafe hervor, säuberlich im Voraus geschrieben.
Wir lachen.
Der Katechet läuft rot an wie ein Löschblatt, über das jemand rote Tinte schüttet, geht hinaus und kommt mit dem Herrn Direktor zurück.

Wir stehen auf.
„Setzen!“, sagt der Herr Direktor. „Du nicht, Vystraczil, du nicht! Du bist ein schlimmes Kind! Undiszipliniert! Schlecht erzogen! Was ist dein Vater von Beruf?“
Hansi Vystraczil antwortet: „Bitt’ schön, Herr Direktor, mein Papa ist ein General!“

~

Wir wohnen schon wieder woanders, in der Johannesgasse, vierter Stock, diesmal mit Lift. Er funktioniert mit Schlüssel. Kinder bekommen keinen.
Der Grund für die Übersiedlung war ekelhaft: Wanzen! Echte lebendige Wanzen, beheimatet in unseren Betten. Lina bekämpfte die Tierchen mit Salmiak, Terpentin, kochendem Wasser und Nadeln. Wenn sie eine Wanze erspähte, stach sie zu und die Wanze lag tot in unserem Blut. Wir waren rot gesprenkelt und wollten nie wieder ins Bett.
Annie reagierte hysterisch, Papa stoisch. Er hatte im Krieg ein Jahr in Bessarabien verbracht und dort Schlimmeres erlebt.
Nach und nach wurde die Lage allerdings unerträglich. Zudem war die Wanzenjagd Lina nicht länger zuzumuten. Wir geben klein bei und ziehen aus.
Die neue Wohnung besteht aus Wohnzimmer, Speisezimmer, Kinderzimmer, Bad, Küche, Dienstbotenzimmer. Das Wohnzimmer ist zugleich Schlafraum der Eltern. Kein Ehebett. Stattdessen je eine „Couch“,

hochmodern, die sich mit wenigen Griffen in ein Bett verwandeln lässt.
Die Neuerung führt zum Krach.
„Bitte klopft an", sagt Annie, „bevor ihr ins Schlafzimmer kommt."
Anklopfen?? Wir sind hier zu Hause!!
Wir sind beleidigt, empört.
Im Wien der Dreißigerjahre wurden die wenigsten Kinder beizeiten aufgeklärt. Wir wussten Bescheid über die Pyramiden, die Dubarry, André Chénier, wir wussten, dass Prometheus an einen Felsen geschmiedet war, dass Goethe die arme Friederike sitzen ließ, dass Kalif Harun al-Raschid nachts unerkannt durch Bagdad ging, Gute belohnte, Böse bestrafte, eine Gewohnheit, bei Herrschern seither aus der Mode gekommen, aber wir hatten keine Ahnung, was im Ehebett geschieht.

~

1935 fand bei uns zu Hause eine Hochzeitsfeier statt. Tante Jetti und Onkel Pepi heirateten, notgedrungen. Nein, Jetti war nicht schwanger. Wäre auch schwer möglich gewesen. Sie war dreiundfünfzig, Pepi zwanzig Jahre jünger. Sex war für die beiden nie wichtig gewesen, im Gegenteil – ein paarmal hätten sie's versucht, in jungen Jahren, vertraute uns Tante Jetti eines Silvesterabends an, unüberhörbar beschwipst. Es sei entsetzlich gewesen.

Aber sie mochten einander, führten endlose Gespräche, gingen meilenweit spazieren, besuchten die Lesungen von Karl Kraus. Vor allem glaubte Jetti an Pepis Zukunft als Maler und saß ihm stundenlang Modell, natürlich angezogen.
Er studierte nicht nur Psychologie, sondern auch an der Kunsthochschule und gab sein ganzes Geld für Leinwand und Farben aus.
Nun hatte er eine Stelle als Dorfschulleiter ergattert, Standort Stockenboi, in Kärnten, mit freier Wohnung im Schulhaus, und wollte Jetti mitnehmen.
Verboten!
Wir lebten unter Dollfuß, im frommen Ständestaat. Ein lediger Mann im Staatsdienst durfte nicht unter einem Dach mit einer Frauensperson wohnen. Deshalb die Heirat.
Meine Schwester und ich, zwölf und sieben, waren die Sensation des Fests. Braun geschminkt, in Pluderhosen, auf dem Kopf einen roten Fes mit schwarzer Quaste, an den Füßen spitz aufgebogene Pantoffel, gingen wir mit Tabletts herum und servierten Mokka in kleinen, zierlich bemalten Tassen. Nie wieder hat Kaffee so geduftet.

~

Papa schenkte Jetti und Pepi zur Hochzeit eine Donaureise von Wien bis ans Schwarze Meer, zum halben Preis, den er bezahlte. Er selbst fuhr auf den Schiffen umsonst, ebenso auf allen europäischen Staatsbahnen.

Wir, die Familie, fuhren auf Staatsbahnen „Regie“, dritte Holzklasse, acht pro Abteil, auf Donauschiffen gratis.
Wir waren auf den Dampfern zu Hause, wurden extrem verwöhnt, durften überall hin, alles stand uns offen: Brücke, Maschinenraum, Kombüse.
Papa war beliebt. Alle mochten ihn, vom Koch bis zum Kapitän, obwohl er gedroht hatte, die Suppe in den Beschwerdekasten zu schütten.
Übernachten in der engen Kabine auf dem schmalen unbequemen Bett, im Tuckern der Fahrt, war ein Fest, während Lichter vorüberglitten, gemächlich, wie träge Sternschnuppen.
Ich habe seit meiner Kindheit kein Donauschiff mehr betreten. Ich käme mir vor wie Otto Habsburg bei einer Führung durch Schönbrunn.

~

Stockenboi, sogenannter Graben, bestand in den Dreißigerjahren aus einer Landstraße, einem Gasthaus, einer Gemischtwarenhandlung und ein paar versprengten Bauernhöfen.
Meine Schwester und ich waren zweimal während der großen Ferien zu Gast. Wir wohnten im geräumigen Schulhaus, wo es uns gut gefiel.
Wir liebten die leeren Klassenzimmer, der Schulmief störte uns nicht, klappten Pultdeckel auf und zu, schrieben Unsinn an die Tafel und spielten „Schule“,

am liebsten „Der Schulinspektor kommt“, ein Drama eigener Erfindung.
Wir hatten längst begriffen, dass der Besuch des Schulinspektors nicht uns Kindern galt, sondern den Lehrern, die uns zu Unrecht Angst machten.
Ich spielte den Schulinspektor, meine Schwester die Lehrerin.
Das Stück ging etwa so:
INSPEKTOR (streng): Die Kinder können nichts!
LEHRERIN (weint): Bitte, Herr Inspektor, bitte, die Kinder können alles, noch gestern hat die Irmi alles auswendig gewusst, sie haben halt nur so viel Angst vor Ihnen, weil Sie gar so bös’ schauen!
INSPEKTOR: Irmi! Wie viel ist drei mal drei?
IRMI (dargestellt von einem Sessel, schweigt).
INSPEKTOR (gütig): Mach’ dir nichts draus, Irmi, es ist nicht deine Schuld! Zwei Stunden nachsitzen!
LEHRERIN: Bitte, Herr Inspektor, die Irmi hat einen so weiten Schulweg, wenn sie so lange nachsitzen muss, macht ihre Mama sich Sorgen!
INSPEKTOR: Wer redet denn von der Irmi? Sie sitzen zwei Stunden nach!
LEHRERIN (fällt in Ohnmacht).

Wir liebten auch das Lehrmittelzimmer. Da gab es Schlangenskelette in Schuhschachteln mit durchlöchertem Deckel. Die Schachtel mit der toten Schlange wurde in den Wald gestellt. Sobald die Insekten den Kadaver sauber gefressen hatten, kam das Skelett in die Sammlung.

„Die Kinder bringen so was mit“, erklärte Onkel Pepi. Das Prunkstück war ein Uhu mit ausgebreiteten Schwingen.

Meine Schwester schloss abends das Fenster.

„Warum machst du das Fenster zu?“

„Das geht dich nichts an.“

Ich springe aus dem Bett. „Das geht mich sehr wohl was an! Entweder du sagst mir, warum, oder ich mach’ es sofort wieder auf. Meinetwegen die ganze Nacht.“

„Na schön, du kapierst es ja doch nicht. Das Fenster muss zu sein. Sonst kommt der Uhu hereingeflogen.“

„Der ist doch ausgestopft!“

„Horatio“, sagt meine Schwester, „es gibt mehr Dinge zwischen Himmel und Erde, als deine Schulweisheit sich träumen lässt!“

„Was? Was?“

Onkel Pepi kommt herein, sieht das geschlossene Fenster und sagt: „Sehr gut. Im Gasthaus gegenüber ist heute Leichenschmaus. Falls ihr vom Gegröle aufwacht, keine Angst, das sind nur die trauernden Hinterbliebenen.“

Wir fühlten uns wie im Ausland, verstanden die Sprache nicht. Die Stockenboier sprachen knorrigen Kärntner Dialekt und sahen aus wie die Leute, die in der Bösendorferstraße am Dienstboteneingang klingelten und ein Almosen bekamen. Einmal läutet es am Schulhaus. Meine Schwester macht auf, sagt: „Moment!“, geht zur Tante, Münzen holen.

Es war der Bürgermeister.

Den zwei Stockenboier Sommern verdanke ich die Erfahrung, dass Kinder auf dem Land, im Freien, ohne Aufwand, von Herzen glücklich sein können.
Ein Wildbach war ein Quell unversiegbaren Vergnügens. An einem Nebenarm kniend, bauten wir eine Mühle, ließen Papierschiffchen schwimmen, folgten ihnen barfuß im Wasser, beobachteten Fische und Frösche, Libellen, Spinnen beim Netzbau, hörten die Spechte klopfen, und als Papa uns an einem der Wochenenden besuchte, schnitzte er uns ein Schiff, ein Miniaturabbild des Donaudampfers „Stadt Wien". Wir schickten es auf große Fahrt.

~

Im Schulhaus gab es kein Wasser. Man musste es vom Brunnen holen. Der Brunnen stand an der Straße. Das Wasser floss ununterbrochen. Vom schwarzen Leitungsrohr hing ein Emailhäferl herab, rostig, schartig, falls jemand trinken wollte.
Ich rührte es nicht an.
Im Gemischtwarengeschäft bekam man alles Nötige. Es roch nach Kaffee, Vanille, Petroleum, Terpentin, Seife und Stoff-Appretur.
Im Schulhaus wohnte auch Heide, die Lehrerin der Kleinen. Sie unterrichtete zwei Klassen gleichzeitig in einem Raum. Während ein Jahrgang Neues lernte, beschäftigte sich der andere still.

Heide war blond und hübsch, trug meistens gut sitzende Dirndln und weinte des Öfteren.
„Warum weint sie, Tante Jetti?“
„Ihr Bruder ist in Wöllersdorf.“
„Gefällt’s ihm dort nicht?“
„Ach, Kind! Wöllersdorf ist ein Gefängnis. Sie sagt, er wird geprügelt.“
„Hat er was angestellt?“
„Er ist ein Nazi.“
„Was ist das?“
„Das sind die Leute, die den Dollfuß umgebracht haben.“
„Den habt ihr doch nicht gemocht.“
„Die mögen wir noch weniger.“

~

Volksschulkinder hatten ein „Stammbuch“. Es bestand aus weißen Glanzpapierseiten und einem Deckel aus Kunstleder, Karton oder Stoff.
Bevorzugte Mitschüler und Mitschülerinnen wurden gebeten, etwas hineinzuschreiben. Nicht-gebeten-Werden bedeutete Missachtung, Demütigung und Tränen. Heute würde man sagen, Nichtgebetene wurden gemobbt.
Ich hatte keinen Grund zur Klage. Ich war in allen Stammbüchern vertreten, überall mit einem Spruch von Kästner, den ich, dank oftmaligem Kopieren, sogar orthografisch richtig schrieb:

„4 x 4 ist 2 x 8, und 0 ist 0 mal 100. Die Wunder werden nur vollbracht von dem, der sich nicht wundert."
Auch die Lehrer verewigten sich, sowie, kurioserweise, die Eltern.
Annie schrieb: „Bleib ein guter, fröhlicher Mensch."
Felizitas Zrust, von der ich nicht mehr weiß, wie sie aussah: „Bleib mir 3, 4 und 4!"
Und Lotte Übelhör, die mich in den Bauch gestochen hatte: „Üb' immer Treu und Redlichkeit, bis an dein kühles Grab!"
Frau Lehrerin Frank, die den Lehramtskandidatinnen im ersten Stock Deutsch beibrachte, schrieb:

„Dein höchstes Glück, o Menschenkind,
berede dich mitnichten,
dass es erfüllte Wünsche sind!
Es sind erfüllte Pflichten!"

Dass der Indikativ „sind" die Frau Deutschlehrerin nicht störte, richtigerweise hätte der Konjunktiv „seien" verwendet werden müssen, amüsierte meinen Vater. Er selbst schrieb in mein Stammbuch:

„Meine Freude sollst du teilen,
meinen Schmerz trag' ich allein."
Lord Byron

~

Weihnachten 1936.
Etwas Großes liegt unterm Christbaum. Meine Schwester packt es aus: ein Foto, enorm vergrößert (1,50 mal 0,80 m), des Sängers Ezio Pinza.
Papa, Erfinder des Posters, hat es für sie machen lassen, mithilfe eines Freundes bei der Österreichischen Lichtbildstelle.
Pinza singt wunderbar, sieht wunderbar aus, ist wunderbar.
Meine Schwester hat sich in ihn verknallt, altersspezifisch, sie ist vierzehn, auf ihr Betreiben gibt es in ihrer Klasse im Gymnasium einen Ezio-Pinza-Club.
Außerdem einen Lateinprofessor namens Erwin Pluth.
Die Clubmitglieder, stolze fünf, tragen Silberkettchen um den Hals, mit silbernem Anhänger, darauf eingraviert die Initialen: „E. P."
Erwin Pluth, Vokabel abfragend, hört störendes Gelächter aus der vierten Bank, merkt, dass zwei Mädchen die Köpfe zusammenstecken und an einer Halskette fingern, beschlagnahmt das Corpus Delicti, betrachtet es und rennt hinaus.
Die Mädchen kichern ihm nach.
Papa musste in die Schule.
Dort wirkte er Wunder an Diplomatie: Er beließ E. P. in dem Glauben, bei dem Medaillon handle es sich tatsächlich um das Mitgliedsabzeichen des Erwin-Pluth-Clubs, dessen Gründung der von ihm entzündeten Liebe zur lateinischen Sprache zu verdanken sei. Fortan behandelte E. P. die Mitglieder seines Clubs mit einer Mischung aus Stolz und Verlegenheit.

Damit war Papa nicht am Ende seiner Leiden.
Er musste nochmals in die Schule, diesmal zu Frau Dr. Winkler, Deutsch und Geschichte. Sie war, wie sich zwei Jahre später zeigte, illegales Mitglied der NSDAP.
Frau Winkler war empört. Sie hatte den Mädchen erzählt, mit welchen Worten Germanenfrauen ihre Söhne in den Kampf zu schicken pflegten: „Mit dem Schild oder auf dem Schild!“ Was so viel bedeutete wie: „Komm' nicht als Besiegter heim! Entweder als Sieger – mit dem Schild! – oder als Toter – auf dem Schild!“
Meine Schwester meldete sich: „Wenn das mein Sohn ist, sag' ich: ‚Hauptsache, du kommst heim! Meinetwegen unterm Schild!‘“

~

Von den Spielen, die Papa mit uns spielte, waren einige mir vorbehalten. Meine Schwester verachtete Kinderpost.
Ich klebe und stemple eifrig und spüre noch mein Entzücken, wenn Annie und Karl vor meinem Schalter in heftigen Streit geraten: „Ich war vor Ihnen da!“ – „Drängen Sie sich nicht vor!“ – „Ich beschwere mich bei der Postdirektion!“
Noch schöner war das Spiel „Schlafwagen“: Ich liege auf einer Decke. Papa nimmt das vordere Ende, Annie das hintere. Sie tragen mich durch die Wohnung, halten ab und zu und Papa ruft die Stationen aus: „London!“ – „Paris!“ – „Istanbul!“ – „Moskau!“ – „Madrid!“ –

„Kopenhagen!“ Geografische Glaubwürdigkeit war nicht gefragt. Und noch heute hat Schlafwagenfahren für mich einen Abglanz damaliger Wonne.

Aber mein Lieblingsspiel war „Detektivbüro Kakivaki“: Jemand versteckte irgendetwas in der Wohnung, kam zu mir – ich war Kakivaki –, meldete den Verlust, vermutete Diebstahl und beauftragte mich, den Gegenstand wiederzubeschaffen, das Verbrechen aufzuklären und den Täter seiner gerechten Strafe zuzuführen. Ich nahm ein Protokoll auf, schrieb alles nach dem Gehör, in schauerlicher Orthografie, in ein mächtiges Kassabuch mit schwarzem Pappeinband und fragte das Opfer: „Sind Sie vielleicht irgendwann neben dem Fürsten Starhemberg gesessen? Oder ist seine Mutter, Fürstin Fanny, an Ihnen vorbeigegangen und hat Sie dabei gestreift?“

Das Opfer konnte sich an dergleichen leider nicht erinnern, hielt es aber durchaus für möglich, Fürstin Fanny begegnet zu sein, und wurde für den nächsten Tag in mein Büro bestellt.

Ich machte mich auf die Suche. Meist fand ich das Ding sehr schnell. Und nun kam der Hauptteil des Spiels: die Rekonstruktion des Verbrechens. Wobei die Täterin feststand: Fürstin Fanny Starhemberg.

Egal was verschwunden war, die Fürstin hatte es gestohlen. Wo, wie, warum, blieb meinem Gutdünken überlassen.

Sie kannte die übelsten Tricks! Meist schlich sie sich an ihr Opfer heran, griff blitzschnell in dessen Tasche und zog die Geldbörse heraus.

Oder sie spielte die Kranke, tat, als sei ihr plötzlich übel geworden, und während sie auf einen Stuhl sank, bestahl sie die hilfreichen Menschen, die sich um sie bemühten.
Gastgeber, die Fürstin Fanny zu Abendgesellschaften luden, bereuten es bitterlich. Sie stahl Füllfedern, Silberbesteck, einmal sogar die Perlen der heiratsfähigen Tochter. Zum Glück waren Erstere falsch.
Fürstin Fanny war immer schuld.
Warum ausgerechnet sie?
Für Sozialisten war Starhemberg ein Reizwort.
Ernst Rüdiger, Kommandant der christlich-sozialen Heimwehr, im Februar 1934 mitverantwortlich für die Toten, paktierte mit Mussolini und wollte Österreich zu einer christlich-sozialen Diktatur nach italienischem Muster machen. Seine Mutter, geborene Gräfin Larisch, unterstützte ihn nach Kräften.
Das Ganze hat sich mir vermutlich nicht nur durch Osmose mitgeteilt. Ich wusste, in welchem Zustand Lina nach Hause gekommen war, dass Doktor Heber kam, dass sie drei Tage im Bett lag und dass sie ihren roten Hut nie wieder aufsetzen wollte.
Mein Bericht schloss mit den Worten: „Fal gelöhst, teterin ferhaftet, zen jare bekomen. Kakivaki."
Fanny bekam immer zehn Jahre.

~

In diesen Jahren zeigt sich: Ich habe eine schöne Stimme, einen leuchtenden, hellen Sopran mit schier unbegrenzter Höhe.
Wir sind jetzt jeden Sonntagvormittag in der Bösendorferstraße und machen Musik mit Albert, dem Hin-und-her-Schieber. Er begleitet uns am Klavier. Wir sind zu viert: Er, meine Schwester, ich und Papa. Niemand hört zu.
Wir beginnen unweigerlich mit dem Lied „Prinz Eugenius, der edle Ritter", bewältigen die Schnellsprechzeile: „Am einundzwanzigsten August soeben" mit Bravour und singen sämtliche Strophen. Dann singt unser Vater Lieder von Schubert, Loewe und Schumann, einmal, unvergesslich, „Die beiden Grenadiere", nach einem Text von Heine. Die Stelle: „Was schert mich Weib, was schert mich Kind, lass sie betteln gehen, wenn sie hungrig sind!" erschreckt mich. Er singt das so unbarmherzig, dass mir die Tränen kommen.
Papa merkt meine Verstörung und verstummt. Die Klavierbegleitung vertröpfelt. Er nimmt mich in die Arme. „Das ist doch nur ein Liedtext! Der hat mit uns nichts zu tun! Da spricht ein Grenadier, der seinem Kaiser nachtrauert. Mir ist der Napoleon wurscht! Aus dem brennenden Moskau ist er im Galopp zurück nach Paris, vorbei an seinen Soldaten, die auf dem Heimweg erfroren, verblutet, erschossen worden sind. Du brauchst keine Angst zu haben. Ich werde euch niemals verlassen!"

~

Es ist Frühling.
Lotte Übelhör kommt in Halbschuhen.
„Was schaust du so blöd?“, fragt sie mich.
„Ich schau’ nicht blöd.“
„Ich seh’s doch! Du starrst meine Schuhe an.“
„Deine Schuhe sind mir wurscht.“
„Bist du rachitisch?“
„Wieso?“
„Weil du hohe Schuhe trägst.“
„Ich mag hohe Schuhe.“
„Niemand mag hohe Schuhe. Wahrscheinlich bist du rachitisch und sie haben’s dir nicht gesagt. Rachitische Kinder sterben früh.“
„Papa, bin ich rachitisch?“
„Du bist nicht rachitisch“, sagt er. „Wie kommst du auf den Gedanken?“
„Weil ich hohe Schuhe tragen muss.“
„Du kannst auch Halbschuhe tragen.“
„Wirklich??“
„Ganz, wie du willst!“
„Wie ich will?“
„Hohe Schuhe sorgen für richtiges Wachstum der Beine. Dass sie schön gerade werden, kein X, kein O, schlanke Fesseln. Was für Beine willst du haben, wenn du groß bist? Wie ein Elefant? Oder wie eine Königin?“

~

Bei Hollitschers wird gefeiert. Gerty hat ihr Medizinstudium abgeschlossen, darf sich ab sofort „Dr. med." nennen und plant, sich zur Fachärztin für Kinderheilkunde weiterzubilden.
Es gibt ein Festbankett. Wir sind eingeladen.
Das Speisezimmer, sonst düster, strahlt in hellem Kerzenschein. Die Tafel ist für zwölf Personen gedeckt: Onkel Otto, Großmama, Gerty, Albert, Annie, Papa, meine Schwester, ich, Onkel Richard (Großmamas und Onkel Ottos Bruder), Tante Marta (seine Frau), Ida und Stella (beider Töchter, eineiige Zwillinge).
Die Mädchen sind von lachhafter Wohlerzogenheit, reden nur, wenn gefragt, und wenn gefragt, dann leise und artig gesenkten Blicks.
Meine Schwester fragt: „Mögt ihr Pinza?"
„Was ist das?", fragt eine der beiden, welche, ist ungewiss.
Ich frage: „Wie kennt man euch auseinander?"
Sie lächeln in sich hinein. Vielleicht haben sie doch ihren Spaß.
Tante Gerty geht vorbei, bleibt bei uns stehen – die zwei springen auf, sind sie vom Affen gebissen? – und fragt: „Na, Kinder? Habt ihr euch schon angefreundet?"
„Nein", sagt meine Schwester. „Ich fürchte, zwischen uns herrscht keine Kompatibilität."

~

Papa fährt mit uns nach Salzburg, zu den Festspielen. „Figaros Hochzeit"! Den Figaro singt Ezio Pinza. Die Festspielkarten sind ein Geschenk von Großmama und Onkel Otto.
Ich war neun, meine Schwester vierzehn. Dass ich mitkam, fand ich selbstverständlich. Immerhin konnte ich sämtliche Sopran-Arien aus „Figaros Hochzeit" auswendig, nebst jenen des Figaro.
Für meine arme Schwester war ich ein Klotz am Bein. Ich fand uns gleichberechtigt, trotz Altersunterschied, verschmähte den Umgang mit meinen Mitschülerinnen – „Soll ich mit der Übelhör zu ‚Drei kleine Schweinchen' ins Kino?" –, hing an ihr wie eine Klette und betrachtete ihre Freundinnen auch als die meinen.
Einmal, auf einer Bahnfahrt nach Villach, sie dauerte damals zehn Stunden und wir waren – ich weiß nicht, warum – Onkel Willi anvertraut, sprach ein wildfremder Italiener meine Schwester an. Er hieß Nino, fiel auf die Knie und machte ihr einen Heiratsantrag. Ich stand daneben, fasziniert.
„Verschwind!", zischte meine Schwester.
Ich blieb stehen, wie die Wacht am Rhein.
Meine Schwester floh in den Nebenwaggon, darauf vertrauend, ich würde es nicht wagen, das Verbindungsstück zu überqueren, zwei große Eisenplatten, die sich wackelnd übereinanderschoben, links und rechts sah man die Schienen, es klapperte, rumpelte, quietschte, kurz, es war lebensgefährlich. Aber der Mensch wächst, wie man weiß, mit der Herausforde-

rung. Neugier schlug Angst. Nino war meiner Schwester gefolgt. Ich folgte Nino.
Onkel Willi merkte nichts. Ein Mitreisender hatte sich als Ingenieur entpuppt, die beiden waren ins Gespräch gekommen und diskutierten angeregt über die Kapazität bestimmter Hebekräne.
Meine Schwester sah mich kommen, durchbohrte mich mit ihren Blicken. Ich grinste. Da gab sie mir, desperat, eine Ohrfeige.
Nino erschrak.
Die Gewalttat verhieß nichts Gutes für eine italienische Ehe. Er stieg in Krumpendorf aus.
Nichts dergleichen auf der Fahrt nach Salzburg. Es herrscht reine Harmonie. Ich bin, unangefochten, Teil der Pinza-Club-Delegation, die vor dem Festspielhaus wartet, neben Pinzas Cabrio, einem honigfarbenen Packard mit der Nummer 300 TT 7 F.
Wir warten auf IHN, meine Schwester, ich und die Kautsky-Schwestern, eine blond, eine brünett, beide bildhübsch, in riesigen Lodenpelerinen.
Bruno Walter kommt heraus. Wir lassen ihn vorbei. Dirigenten sind uns egal.
Esther Réthy kommt heraus, die Susanna des heutigen Abends. Wir lassen sie passieren.
Mariano Stabile, der Graf. Schon will meine Schwester zu ihm, ein Autogramm holen, da erscheint ER! Ezio Pinza!
Wir stürzen uns auf ihn.
Er bleibt stehen, amüsiert, betrachtet uns freundlich, lächelt. Er sieht noch besser aus als auf Papas Pinza-

Poster. Sportjacke aus Wollstoff, offener Hemdkragen, seidenes Halstuch.
Wir scheinen ihm nicht zu missfallen. Drei hübsche Mädchen und ein Kind! Wir sprechen Italienisch.
Wohin er geht? „Dal parrucchiere." Zum Friseur! Ob wir mitkommen dürfen? „Ma certo, perché no." Er nimmt meinen Arm.
Meine Schwester schaut mich an mit ihrem Nino-Blick. Ezio nimmt auch ihren Arm.
Grazie, Ezio! So gehen wir zum Friseur, flankiert von den Kautsky-Mädchen. Ein Autobus kommt, ziemlich schnell. Ezio bleibt stehen, hält uns fest. Später werden wir erzählen, Pinza hat uns das Leben gerettet. Beim Friseur angelangt, sagt Ezio: „Arrivederci!" und verschwindet im Salon.
Wir warten.
Plötzlich erscheint Papa – er hat uns die ganze Zeit nicht aus den Augen gelassen! – und schimpft: „Schluss jetzt! Kommt! Das reicht! Wollt ihr die Haare aufsammeln?"
Die Kautsky-Mädchen flüchten. Wir gehen ins Hotel zurück. Wir wohnen im Gasthof Traube, im vierten Stock. Kein Lift. Je höher man steigt, desto bescheidener wird die Treppe. Erst Plüschläufer, dann Linoleum, endlich blanker Bretterboden.
Das stört uns nicht. Für Ezio hätten wir auch unter der Staatsbrücke kampiert.
Die Oper am Abend ist schön. Aber nicht halb so schön wie die zehn Minuten mit Pinza.

Zurück in Wien, sagen wir: „Nächstes Jahr fahren wir zu ‚Don Giovanni'."
Annie sagt: „Nächstes Jahr fährt euer Vater mit mir ans Schwarze Meer."
Papa sagt: „Nächstes Jahr kommt der Hitler. Da haben wir andere Sorgen."

~

„‚Hoher Herr und allmächtiger Gebieter', sprach der schurkische Wesir zum Sultan, ‚niemand vermag zu sagen, woher Prinz Achmed kommt und auf welche Art er sich solch glänzendes Gefolge verschafft hat! Siehst du nicht, wie es sich von Tag zu Tag an Zahl und Macht vermehrt? Wie, wenn er sich gegen dich verschwüre und dich ins Gefängnis würfe, um dir die Zügel der Herrschaft zu entreißen? Darum rate ich dir, hüte dich!' Also sprach der schurkische Wesir. Seine Worte drangen dem arglosen Sultan tief ins Herz und er sandte nach einer Hexe, die in dem Rufe stand, mehr zu wissen und zu vermögen als gewöhnliche Sterbliche. Er sprach: ‚Ich weiß nichts von dem Orte, an dem mein Sohn Achmed lebt. Geh du ihm auf dem Weg voraus und lege dich auf die Lauer, beobachte, wohin er reitet und bringe mir schleunig Nachricht!' – ‚Dein Wille ist mir Befehl', sagte die Hexe, begab sich an den Ort, wo Prinz Achmed seinen Pfeil gefunden hatte, legte sich auf die Lauer, und als Prinz Achmed kam –"

Papa machte das Buch zu und sagte: „Weiter geht's, wenn wir zurück sind. Macht keine so bösen Gesichter, es ist ja nur für eine Woche!"
Er begann den „Hohen Diwan", aber wir stimmten nicht ein. Er musste alleine singen. Wir waren böse: Er und Annie waren zu einer Hochzeit nach Bukarest eingeladen. Die Feierlichkeiten würden zehn Tage dauern. Wir würden diese zehn Tage am Semmering verbringen, in Tante Gertys neu gegründeter „Kinderpension".
Früher, in solchen Fällen, war Judy bei uns geblieben, etwa in Millstatt am See während Papas und Annies Hochzeitsreise.
Wir gingen damals täglich ins Strandbad. Judy, in sonnengelbem, einteiligem Badeanzug, Bikinis gab es noch nicht, zog unvermeidlich einen Schweif von Anbetern hinter sich her, die ihr alle nicht gefielen. Einer behauptete, der Bruder des berühmten Heifetz zu sein, und wollte mir erklären, bis zum Nabel im Wasser des Kinderbeckens, wer dieser Heifetz war.
Ich sagte: „Ein Geiger", und sang ihm das Thema des Beethoven-Violinkonzerts vor.
Ich glaube, ich war ihm unheimlich.
Trotzdem behauptete er, vielleicht inspiriert von der Namensähnlichkeit, er sei ein Haifisch, und kam zähnefletschend auf mich zu geschwommen.
Er tat mir leid.
O ja. Es war lustig in Millstatt.
Damit ist es jetzt vorbei. Jetzt gibt's Gertys Kinderpension. Cousin Hansl erklärt: „Man hat ihr das Haus

gekauft, weil sie keinen Mann kriegen wird. Wer hält es denn mit ihr aus!"
Wir müssen es mit ihr aushalten, wir Kinder und das Personal, sie ist nun einmal die Chefin, erst achtundzwanzig Jahre alt. Trotzdem heißt sie bei allen „die Alte".

~

Die Kinderpension bietet etwa dreißig Kindern Platz. Die Preise sind gesalzen.
Wir zwei, meine Schwester und ich, sind Gäste zum Selbstkostenpreis, was Tante Gerty uns bei jeder Gelegenheit vorhält. Daraufhin gründen wir den „Club der Geduldeten", dem auch Schwester Irmgard beitritt, eine der beiden Kinderschwestern. Es war damals üblich, Kleinkindern mit Essstörungen das eben Erbrochene zwangsweise einzufüttern, ein grenzenlos grauslicher Vorgang, untermalt von Gebrüll und Geheul. Schwester Irmgard versuchte vergebens, der Frau Doktor diese Praktik auszureden. Gerty blieb unbelehrbar. Das Verfahren sei klinisch erprobt!
Außerdem hatte sie Irmgards Freund Fredi mit Hausverbot belegt. Sie hatte ihn eines Morgens in Irmis Bett vorgefunden und halb nackt hinausgeworfen. Von einer Kündigung Irmgards hatte sie abgesehen. Fachkräfte waren schwer zu bekommen, trotz Arbeitslosigkeit, und wir Kinder liebten Irmi.
Fredi war Dachdeckermeister, „absolut schwindelfrei!", sagte seine Freundin stolz.

Die Kinder in der Kinderpension kommen aus reichen Familien. Einige sind erholungsbedürftig, andere, wie wir, abgeschoben, während die Eltern verreist sind oder beruflich verhindert oder krank oder einfach der Kinder überdrüssig.

Edi Ehrlich zum Beispiel, elf, weint nachts in seinen Polster und rächt sich dafür bei Tag durch Unausstehlichkeit. Er besitzt eine wunderschöne orangefarbene Kaschmirgarnitur, bestehend aus Mütze, Schal und Fäustlingen, watteweich, Objekte der Begierde, die wir ausborgen, wenn er schläft. Tante Gerty teilt es ihm mit. Edi trommelt alle zusammen, zeigt Fäustlinge, Schal und Mütze noch einmal ausgiebig her, bespuckt sodann alles kräftig und schreit: „So! Jetzt graust's euch! Jetzt stiehlt niemand mehr meine Sachen!"

Edi hat recht. Uns graust's.

Ein anderer Insasse, Bela, dreizehn, ein Hüne kurz nach dem Stimmbruch, besitzt einen tiefen Bass. Sein Vater ist Tierarzt in Wien, am Schlachthof St. Marx.

„Wenn ich brav war, hab' ich zuschauen dürfen."

„Zuschauen? Bei was?"

„Beim Schlachten."

„Du hast beim Schlachten zugeschaut?? Und dir ist nicht schlecht geworden?"

„Nein."

Eines Tages beim Abendessen verschüttet Bela Wasser. Absichtlich, sagt Tante Gerty. Unabsichtlich, behauptet Bela.

Irmgard füllt sein Glas neu. Es fällt wieder um. „Ganz von selbst!", sagt Bela und blickt treuherzig. Daraufhin sperrt ihn Tante Gerty ins Rauchkammerl, ganz oben, ohne Essen und Trinken, und denkt, sie hat ihn bestraft.

Das Rauchkammerl hat einen Ausstieg aufs Dach.

Kaum hat sich der Schlüssel hinter dem schlimmen Bela gedreht, steigt der aufs Dach hinaus, setzt sich auf die Dachrinne und baumelt mit den Beinen.

Dazu ruft er immer wieder mit seinem sonoren Bass: „Mei Nachtmahl wüll i ham!"

Wir stehen vor dem Haus auf der Wiese, schauen gebannt hinauf, fürchten um Belas Leben und haben kein Mitleid mit „der Alten". Sie steht neben uns, kreidebleich, und fleht: „Bela, bitte komm' herunter, will sagen, geh' hinein, ich hab' schon aufgesperrt!"

„Mei Nachtmahl wüll i ham!"

„Bela, du bekommst dein Nachtmahl, eine extragroße Portion, aber bitte komm' jetzt endlich!"

Bela tut, als würde er rutschen, ein Aufschrei des Publikums, er rutscht aus Übermut wirklich, hält sich am Dachrand fest und brüllt, lauter als zuvor: „Mei Nachtmahl wüll i ham!"

Nicht auszudenken, wenn Bela das Gleichgewicht verliert! Es wäre nicht nur sein Ende. Auch das der Kinderpension. Und die Reaktion des Vaters, Tierdoktor in St. Marx, auf die Mitteilung: „Guten Tag, Ihr Sohn ist vom Dach gefallen!", die stellen wir uns lieber nicht vor.

„Mei Nachtmahl wüll i ham!"

Tante Gerty greift sich ans Herz. Sie fängt an, mir leidzutun. Da entsteigt jemand der Luke, Dachdeckermeister Fredi, Irmgards verbannter Freund. Sicheren

Schrittes geht er über das abschüssige Dach, fasst Bela unter den Achseln, schwenkt ihn wie eine Puppe und schubst ihn ins Kammerl zurück. Wir applaudieren.
Bela bekommt sein Nachtmahl, Dachdeckermeister Fredi einen Zwanzig-Schilling-Schein. Das Hausverbot bleibt aufrecht.

~

Tante Gerty hat einen Freund. Er heißt Bubi Bunzl, schaut aus wie ein altes Kind, studiert Philosophie und Anglistik und ist, hauptberuflich, Poet.
Eines seiner Gedichte beginnt: „An junger Buchen gehämmertes Grün pocht leise des Wanderers Schritt."
„Ein Akrobat", sagt Papa, „wie sonst könnte sein Schritt an das gehämmerte Grün der jungen Buchen pochen? Keine Frage, er geht auf den Händen."
Bubi nennt Gerty „Gertyherz", auch wenn wir Kinder dabei sind, stellt aber nichtsdestoweniger Schwester Irmgard nach und flötet: „Irmi! Irmi!"
„Für Sie bin ich keine Irmi!", sagt Schwester Irmgard und flüchtet.
Bubi Bunzl trägt Lederhosen, unter deren Rand die weiße Baumwollunterhose hervorquillt. Bela findet den Aufzug unmännlich.
„A Lederhosn trogt ma nackert."
Edi Ehrlich schlägt vor, die Unterhosenränder hinterrücks abzuschneiden. Das Vorhaben scheitert am Fehlen einer geeigneten Schere.

Wir melden alles nach Hause, schriftlich, mit Illustrationen.
Karl und Annie erhalten unseren Brief allerdings nicht im Originalkuvert, sondern als Beilage zu einem Brief Tante Gertys:

Liebe Annie!

Den beiliegenden Brief haben Deine Stieftöchter geschrieben. Ich habe den Umschlag geöffnet, weil ich wissen muss, was in meinem Haus vorgeht, und weil ich Deinen Stieftöchtern zutraue, trotz aller Vorteile, die sie hier genießen, schlecht über die „Kinderpension Semmering" zu sprechen.
Meine Ahnung hat mich nicht getrogen. Was sie geschrieben haben, spricht für sich. Ich bin empört, und Du wirst mir beistimmen, dass ich allen Grund dazu habe! Dafür, dass die Mädchen hier zum Selbstkostenpreis wohnen, darf ich wohl ein Minimum an Respekt mir und meinen Gästen gegenüber erwarten.
Was ich von allem Anfang an befürchtet habe, ist eingetroffen: Es ist Dir nicht gelungen, das schlechte Betragen Deiner Stieftöchter zu verbessern. Die zwei sind ein hoffnungsloser Fall. Aber das ist nicht weiter verwunderlich. Deine Ehe war ein Missgriff.

Mit herzlichen Grüßen,
Deine Dich liebende Schwester Gerty

Annie hat uns nach unserer Rückkehr nicht nur diesen Brief gezeigt, sondern auch ihre Antwort:

Liebe Gerty!

Danke für Deinen Brief, meine Stieftöchter betreffend. Du hattest kein Recht, ihren Brief zu öffnen. Verletzung des Briefgeheimnisses ist eine Straftat. Die Kinder können schreiben, was sie wollen. Mir ist lieber, sie sagen, was sie denken, als sie tuscheln heimlich und lügen mir ins Gesicht. Und was Dein Urteil über meine Ehe betrifft, so interessiert es mich nicht im Geringsten.

Mit herzlichen Grüßen,
Deine Dich liebende Schwester Annie

~

Silvester 1937.
Die Eltern haben uns betrogen.
Wir haben durchgesetzt, bis Mitternacht aufbleiben zu dürfen und mit Papa und Annie gemeinsam Silvester zu feiern. Sogar meine Schwester ist willens, das Kriegsbeil zu begraben, zumindest bis morgen Früh.
Wir freuen uns. Wir ziehen uns schön an. Wir frisieren uns gegenseitig. Wir helfen Papa bei der Bereitung des Silvesterpunschs: Orangensaft, Tee und ein Schuss

Rum, jenes Rums, der in Jamaika „Ausländerrum" genannt wird. Dazu Patiencebäckerei von Schmidt, getunkt und ungetunkt aus Schachteln, auf deren Deckel eine Blondine mit roter Kappe eine Schachtel Patiencebäckerei hält, auf deren Deckel eine Blondine mit roter Kappe eine Schachtel Patiencebäckerei – und so weiter, kleiner und kleiner und kleiner, bis in die Unendlichkeit. Die Schachtel war für mich von bedrohlicher Anziehungskraft. Wenn ich lange hinsah, wurde mir schwindlig.
Wir warteten zu viert bis Mitternacht. Dann, beim zwölften Schlag der Pendeluhr, tranken wir Punsch, stießen auf das neue Jahr an, umarmten einander und wünschten einander alles Gute. Wir legten uns ins Bett. Die Eltern gingen ins Café Parsifal, um mit den Freunden zu feiern.
Aufgeregt, wie wir waren, schliefen wir nicht sofort ein. Vielleicht hatte Papa auch zu viel von dem in Jamaika Ausländerrum genannten Zeug erwischt.
Wir liegen wach. Plötzlich ein Dröhnen: Bumm! Bumm! Die Pummerin!
Jetzt ist es zwölf! Erst jetzt!
Die Eltern hatten die Zeiger der Pendeluhr vorgestellt, um nicht nur mit uns zu feiern, sondern auch mit der Freundesrunde. Wir sind gekränkt, verletzt, fühlen uns verkauft und verraten, stehen auf, ziehen uns an, gehen durch die Silvesternacht die paar Schritte zum Café und erscheinen den Eltern wie Geister. Sie gehen mit uns nach Hause und schwören: „Nie wieder!"
Sie haben ihren Schwur nicht gehalten.

~

Eine der Attraktionen des Wiener Wurstelpraters war die Grottenbahn. Man fuhr in einem Wagen durch grottenähnliche Räume, die Wagen sahen aus wie fahrbares Kirchengestühl, und wenn man vorbeifuhr, stürzte, bengalisch beleuchtet, die Stadt Messina ein.
Als unsere Welt einstürzte, am 12. März 1938, saßen wir beim Frühstück.
Der katholische Henryk Winiewicz, k. k. Eisenbahnbeamter, hatte 1882 die Jüdin Wilhelmine Adolph geheiratet. Henriette und Karl, die Kinder der beiden, sind demnach Halbjuden.
Der Halbjude Karl, in zweiter Ehe mit einer Jüdin verheiratet, gilt laut Nürnberger Rassengesetzen als Jude. Die Halbjüdin Henriette, mit einem Arier verheiratet, als Arierin.
Onkel Pepi wird zwangspensioniert, unser Vater fristlos entlassen. Meine Schwester und ich, Töchter des Halbjuden Karl Winiewicz und der Arierin Marie Stieböck, sind Vierteljüdinnen. Auf unseren Personalausweisen steht: „Besondere Kennzeichen: keine".
Das Wort „keine" ist dicht an den rechten Rand gerückt. Das bedeutet in Gestapo-Geheimsprache: „Mischling 2. Grades".

~

Lina kehrt nach Linz zurück. Wir können sie nicht mehr bezahlen. Der Abschied ist tränenreich.

„Ich würd' auch ums halbe Geld bei Ihnen bleiben, gnä' Frau!"

„Das ist sehr lieb von Ihnen", sagt Annie, „aber das halbe haben wir auch nicht. Außerdem werden wir die Wohnung bald auflösen und auswandern."

„Nehmen S' mich mit!"

„Aber, Lina! Sie sind arisch! Sie haben nichts zu befürchten!"

„Und wo find' ich Arbeit, bitt' schön? Was glauben S', wie viele jüdische Herrschaften jetzt keine Dienstboten mehr brauchen!"

Darauf Annie, überraschend sarkastisch: „Der Adolf wird schon für Sie sorgen!"

„Machen S' nur Ihren G'spaß mit mir!"

„Spaß ist das Letzte, Lina, wonach mir jetzt ist", sagt Annie.

„Dann schreiben S' mir wenigstens ein gutes Zeugnis!"

„Das Zeugnis einer jüdischen Arbeitgeberin wird Ihnen schwerlich nützen. Am besten, Sie verschweigen, dass Sie bei uns gearbeitet haben."

Annie gibt Lina die Hand und verlässt fluchtartig die Küche. Lina beginnt zu weinen, heftig und laut, was mich wundert. Ich habe gedacht, nur Kinder weinen so, dass man's hört. Sie nimmt ihren Kunstlederkoffer, umwindet ihn sicherheitshalber mehrfach mit Wäscheschnur, erzählt uns zum Abschied noch einmal, schluchzend, die Hallenbadgeschichte – „fffffft, fffffft, fffffft“ – und marschiert zum Westbahnhof.

~

Es läutet.
Annie schaut durchs Guckloch.
Draußen steht Olga Hartmann, Papas Ex-Sekretärin, in Begleitung eines Herrn.
Annie ruft: „Karl!“ und öffnet.
„Frau Hartmann! Schön, Sie zu sehen!“
„Herr Doktor! Es tut mir ja so leid …“
„Schon gut“, sagt Papa und blickt fragend auf ihren Begleiter.
„Mein Bräutigam“, sagt Frau Hartmann. „Ich hab’ ihm so viel von Ihnen erzählt, er wollte Sie kennenlernen –“
„Moser“, sagt der Bräutigam knapp, verbeugt sich und streckt Papa die Hand entgegen. Der nimmt und schüttelt sie. Dann gehen die drei ins Wohnzimmer.
Papa fragt: „Nun? Wie geht’s, ohne mich?“
Frau Hartmann schnupft auf, Herr Moser reicht ihr ein weißes Taschentuch, sie schnäuzt sich umständlich, steckt Herrn Mosers Taschentuch ein und sagt unbehaglich: „Ich soll die Schlüssel abholen.“
„Welche Schlüssel?“
„Ihre Schreibtischschlüssel.“

„Der Schreibtisch ist unversperrt. Das wissen Sie doch! War er immer."
„Die Direktion meint, vielleicht haben Sie Reserveschlüssel. Auch fürs Büro."
„Und mit denen komme ich nachts angeschlichen und stehle den neuen Frachttarif?"
Annie bringt Tee und Brötchen, setzt sich aber nicht dazu. Nach einer Weile verabschieden sich die beiden. Papa sagt: „Danke für den Besuch. Und alles Gute für die Zukunft!"
Dann wendet er sich an Herrn Moser: „Ich bin am Fenster gestanden und habe Sie kommen gesehen. Sie hätten das Parteiabzeichen vorm Haustor nicht abnehmen müssen."

~

Onkel Albert kommt zu uns, in der Hand einen anonymen Brief voll wüster Beschimpfungen. Ob ich den geschrieben habe?
Onkel Otto hat ihm erzählt, ich halte ihn für einen „Hin-und-her-Schieber". Seitdem traut er mir alles zu. Papa nennt ihn „Sherlock Hollitscher" und wirft ihn hinaus.

~

Mai 1938, Stephansplatz.
Ein schöner Frühlingstag. Vom Dom weht die Hakenkreuzfahne.
Ein Mann hinkt an mir vorbei. Er kommt mir bekannt vor. Woher?
Ich bleibe stehen, schau' ihm nach.
Ich hab's! Es ist Eduard Hofer, aus der Parsifal-Freundesrunde! Der mich heiraten will, wenn ich groß bin.
Ich laufe ihm nach. „Herr Hofer!"
Er bleibt stehen, schaut mich an, beugt sich zu mir herunter – noch immer Mentholgeruch! –, sagt: „Verschwind', Judenbalg!" und hinkt weiter.

~

Sechs Wochen nach Hitlers Einmarsch landet Joe/Seppl in Wien, überrascht Judy in Onkel Leos Kurzwellen-Ordination und macht ihr einen Heiratsantrag. Er hat richtig kalkuliert: Sie will weg aus der Ostmark, weg, weg.
Seppl ist groß, stämmig, blond, hat eine niedrige Stirn, eine mächtige Nase, Hände wie Herr Striberny, mit goldenem Flaum bedeckt, bringt, als er mit Judy zu uns kommt, eine herzförmige Bonbonniere mit und spricht weder Englisch noch Deutsch, sondern irgendetwas dazwischen.
„I have a very schönes Haus in Toronto, with Garten."
Judy fragt unseren Vater: „Soll ich nach Kanada, Karl?"
Papa lässt sich Zeit. Endlich sagt er: „Ich weiß nicht.

Ich kann dir nicht raten. Ich weiß nur, einen treueren Mann als den Seppl –"
„Joe!", verbessert dieser.
„– als den Joe wirst du nicht finden, Judy. Aber gib' nicht mir die Schuld, wenn du nicht glücklich wirst."
„Oh, wir werden happy sein", sagt Joe. „Very happy."
Er legt den Arm um Judy. Sie rückt kaum merklich ab. Wir sehen es. Papa sieht es. Joe muss es auch gemerkt haben. Aber er tut nichts dergleichen und wiederholt: „Very happy!"
Er hat ein Touristenvisum für „seine Braut" mitgebracht. Die zwei fliegen ab. Wir kommen mit zum Flugplatz. Dort kann man beim Einsteigen zuschauen, auf der Besucherterrasse, und dann dem Flugzeug nachwinken. Wir winken nach, so lange, bis es am Himmel verschwindet. Dann fahren wir nach Hause, schweigend. Wir wissen, Judy und Seppl werden einander nicht glücklich machen.

~

Seit Papa nicht ins Büro geht, hat er mehr Zeit für uns. Trotz Hitler, Hakenkreuzfahnen, Geldsorgen, Ungewissheit, trotz Menschen wie Onkel Edi die schönsten Wochen seit Hietzing. Wir machen Musik, ohne Albert, singen „Prinz Eugenius, der edle Ritter" oder das markige Lied vom Raubritter Kunz von Kauffungen (den's wirklich gegeben hat) und den beiden Rittern, „saßen in der Waldschenk' und tranken einen Bittern".

Oder die Ballade von der blassen Maid:

Am Fenster sitzt die blasse Maid,
die Harfe in der Hand,
im semmelgelben Seidenkleid
singt sie hinaus ins Land.
Sie singt das Lied vom Rittersmann,
der auszog hoch zu Pferd,
ziderimzimzim, ziderimzimzim,
und nie zurückgekehrt.
Ziderimzimzim, ziderimzimzim,
und nie zurückgekehrt!

Oder wir spielen „Eckengeist“. Dazu muss man hinaus auf die Straße, prescht um die nächste Ecke und schreit: „Wuhu! Wuhu!“
Entgegenkommende erschrecken, manchen fällt die Tasche aus der Hand, während wir weiterschlendern, als wäre nichts geschehen.
Oder wir machen Nudeln.
Ein Teig aus Mehl, Wasser und Salz wird ausgiebig geknetet, papierdünn ausgewalkt, an einer Wäscheleine zum Trocknen aufgehängt und dann in Streifen geschnitten.
Annie, die ohne Lina erstaunlich gut zurechtkommt und so gut wie gar nicht mehr weint, klagt über Behinderung, lobt aber nichtsdestoweniger die Qualität unserer Nudeln. Die Herstellung von Ravioli scheitert an ihrem Veto.

Oder wir spielen „Kunstschlafen“: Man legt sich in möglichst vertrackter Position aufs Bett, und wer es am längsten aushält, hat gewonnen.
Und die Geschichte von Prinz Achmed und der Fee Peri Banu kommt endlich wieder in Fahrt: „… und als Prinz Achmed kam, jammerte sie so laut und wand sich, wie unter Schmerzen, dass der Prinz, von Mitleid ergriffen, vom Pferd stieg, sich über die Hexe beugte und fragte: ‚Was fehlt dir, gute Alte?‘ Da schrie die Frau nur noch lauter, sodass der Prinz seinen Dienern befahl, die Kranke aufzuheben und ins Schloss mitzunehmen. Daraus erwuchs nichts Gutes.“
Annie darf jetzt sogar zuhören. Aber sie hat keine Zeit. Sie verbringt Stunden in Warteschlangen vor diversen Konsulaten.
„Ich mach’ das“, sagt sie zu Karl. „Bleib’ du daheim bei den Kindern, solange es noch möglich ist.“
Solange es noch möglich ist? Was soll das heißen bitte? Wir erfahren es vier Wochen später. Papa und Annie haben ein französisches Visum ergattert und fliegen übermorgen nach Paris.
„Ohne uns??“
„Ihr kommt nach!“
„Wann?“
„Sobald euer Visum da ist.“
„Wann wird das sein?“
„In ein paar Wochen. Ihr werdet verständigt werden.“
„Bis dahin könnt ihr nicht warten?“
„Nein.“

„Warum nicht?“
„Sollen wir hier untätig sitzen, bis die nächste Kristallnacht kommt?“
Was die Kristallnacht war, weiß ich. Meine Mitschülerin Renee Stern war tagelang verheult. Ihr Vater ist Juwelier. Sie haben ihn fast totgeprügelt und das Geschäft leer geräumt.
„Ihr seid nicht in Gefahr“, sagt Papa. „Also habt Geduld. Alles wird gut.“
„Warum fahrt ihr nicht mit dem Zug?“, fragt meine Schwester.
„Fluggäste werden von den Behörden weniger streng kontrolliert.“
„Warum?“
„Man glaubt, es sind ‚bessere Leute‘. Weil Fliegen teurer ist. Man will sie nicht verärgern. Natürlich stecken da auch die Fluggesellschaften dahinter.“
Er wendet sich an Annie: „Komm’. Wir müssen Koffer packen.“
Egon, der Jugendfreund unseres Vaters, hat sich wieder eingestellt, samt Ehefrau Leopoldine. Sie trägt kein Kropfband mehr, dabei könnte es jetzt nicht schaden. Ihr Hals ist faltig und schlaff.
Egon ist Versicherungskaufmann, von neun bis siebzehn Uhr. Die übrige Zeit ist er Lateiner. Latein ist seine Passion. Er hat Ovid übersetzt, „ziemlich gut“, sagt Papa, der ihn „den Ledernen“ nennt. „Nichts bringt ihn aus der Ruhe. Ein einziges Mal in acht Jahren hab’ ich ihn wütend gesehen, wie der Pelikowsky gesagt hat: ‚Ovid ist fad!‘ Da ist Egon auf ihn los-

gegangen und hätte ihn verprügelt, wären wir nicht dazwischengefahren."
Umso verblüffter ist Papa, als Egon sich unter Tränen von ihm verabschiedet und verspricht: „Ich kümmere mich um die Kinder!"
„Ich auch", sagt seine Frau, bemerkt den in einer Ecke zusammengerollten Teppich und fragt: „Ist der zu haben?"
Annie verschlägt es die Rede. Papa sagt: „Aber gewiss!"
Am nächsten Tag kommen zwei Burschen und holen den Teppich ab.

~

„Sobald die Hexe im Palast ist, nimmt sie die Pracht in Augenschein, stellt fest, dass es nicht mit rechten Dingen zugeht, sondern mit Zauberei. Und sobald sie alles gesehen hat, tut sie, als hätte Peri Banus Trank ihr geholfen, bedankt sich, lässt sich von der Dienerschaft den Weg in die Welt der Menschen weisen, begibt sich zum Sultan, berichtet und gibt ihm folgenden Rat:"
Papa klappt das Buch zu und sagt: „Was die Hexe dem Sultan rät, werde ich euch vorlesen, Kinder, wenn wir uns wiedersehen."

~

September 1938.
Annie und Karl, mit Koffern, gehen die Stiege hinunter. Sie haben keinen Liftschlüssel mehr. Annie trägt zwei Koffer, einen in jeder Hand. Papa, in der rechten den großen, den mit den Hotel-Etiketten. Die linke hält die Zigarette. Der glühende rote Punkt, das Letzte, was ich von ihm sehe, ist noch nicht vollends verschwunden, da durchzuckt mich stechender Schmerz. Ich renne aufs Klo, dreh' mich um, will die Spülkastenkette ziehen und glaube nicht, was ich sehe: Die Klomuschel ist voll Blut. Das Blut ist nicht rot. Es ist schwarz. Zähflüssig. Klebrig. Eklig. Als wäre ich eine Kröte. Ein Untier. Ein giftiger Molch.
Was Menstruation ist, weiß ich. Ein Mädchen, das monatlich blutet, ist biologisch erwachsen. „Mannbar", hat man früher gesagt.
Ich bin nicht mannbar! Noch nicht!
„Wenn du glaubst, du dersaufst, denk' an den Christophorus!", hat Judy gesagt. „Christophorus! Hilf' mir!"
Christophorus hilft mir nicht.
Ich reiße an der Spülkastenkette. Der schwarze Dreck fließt ab.
Morgen, gleich in der Früh, geh' ich zum Doktor Heber. Der wird mir sagen, was los ist, wie die Krankheit lateinisch heißt und wie viel Zeit mir bleibt, bevor ich sterben muss.
Zu wem willst du gehen, blöde Gans? Der Doktor Heber ist fort! Ausgewandert nach Peru, mit seinem Diener Tschada. Den hat er vorher adoptiert, sonst hätte er kein Visum bekommen.

Ich gehe zurück auf den Flur. Das Stiegenhaus liegt verödet.
Annie und Karl sind weg.
Irgendwo kocht jemand Gulasch.

TEIL II

Die Auflösung unseres Haushalts findet methodisch statt, unaufgeregt, tränenlos.
Hausrat türmt sich auf Tischen, fertig zum Abtransport: Porzellan, Bettwäsche, Tischzeug, Annies gewaltige Mitgift, und mittendrin, grotesk, der Stieböck'sche Schinkenschneider. Drei Übersiedlungen hat das unhandliche Ding überdauert, jetzt landet es, wie vieles andere, in den Abwässern der Geschichte.
Während des Räumens und Packens kommt unerwartete Hilfe: Frau Raab stellt sich ein, Hollitschers Ex-„Frau fürs Grobe".
Vierschrötig, Mitte fünfzig, mit Brille und schütterem Haar, immer in schwarzem Kleid, schwarzer Schürze, schwarzen Strümpfen, scheuerte sie Böden, half beim Waschtag, schleppte Kohlen herauf, Müll hinunter und hatte krebsrote Hände, die sich anfühlten wie unsere kleine italienische Muskatnussreibe.
Wir hatten uns angefreundet, Frau Raab und ich. Wenn sie bügelte, schaute ich zu. Sie benützte zwei Bügeleisen. Während sie mit dem einen hantierte, wurde das andere aufgeheizt. Ich wartete auf den Austausch. Er faszinierte mich. Die Gasflamme schoss hoch und loderte violett, bis sie im Bauch des ersten, erkalteten Eisens verschwand. Dann griff Frau Raab zu Gerät Nummer zwei. Neben dem Bügelbrett stand

eine Wasserflasche. Leinen und Baumwollstoffe wurden „gespritzt“. Ließ Frau Raab das heiße Eisen über die feuchten Stellen gleiten, dampfte und zischte es. Das gefiel mir. Ich war ein dankbares Publikum. Das wiederum freute Frau Raab.
Ihr Ehemann, ein Schlosser, betrank sich gern, nicht nur freitags. Wenn er vom Wirtshaus heimkam, verprügelte er seine Frau.
„Warum gehen Sie nicht zur Polizei?“
„Tschapperl“, sagte Frau Raab.
Gusti, die Tochter der Raabs, wollte „was Besseres“ werden. Sie hatte eine Handelsschule besucht und arbeitete als Stenotypistin in einer Anwaltskanzlei. War sie in Gesellschaft und begegnete ihrer Mutter, tat sie unbekannt und ging auf die andere Straßenseite.
„Dann würd’ ich ihr gern nachgehen, verstehst“, sagte Frau Raab. „Aber ich lass es lieber. Man will seinem Kind ja nicht schaden.“
Zum Glück ist da auch ein Sohn, Heini, achtzehn, derzeit beim Militär, der seine Mutter liebt.
„Einmal, er war noch ein Bub, ist er auf den Papa losgegangen. Er wollt’ mich beschützen. Der Willi war so baff, er hat den Knirps angeschaut und ist zurück ins Wirtshaus.“
Frau Raab packt unsere Sachen in einen großen Karton. Koffer sind keine mehr da.
Tante Jetti kommt herein. „Frau Raab, bitte gehen Sie nach Hause, wir können Sie nicht bezahlen.“
Frau Raab faltet einen Pullover fachgerecht wie die Frau in der Putzerei Excelsior und sagt: „Ich bin nicht zum Arbeiten hier. Ich besuch’ die Kleine.“

~

Annie und Karl sind in Paris.
Onkel Otto ist in New York.
Tante Gerty ist in London.
Albert ist in Debrecen bei Onkel Richard, Tante Marta und den faden Zwillingen.
Großmama ist zum Glück tot. Rechtzeitig eingeschlafen.
Cousin Hansl ist in San Francisco.
Onkel Willi ist in Istanbul.
Bubi Bunzl ist in der Schweiz.
Die Kautsky-Mädchen sind in Schweden.
Judy ist in Toronto. „Mrs. Joe Pendl" steht als Absenderin auf dem Briefumschlag mit den tristen Hochzeitsfotos. Hat sie keinen Vornamen mehr?
Lazarsfelds sind in Washington.
Schlesingers sind in Prag.
Dr. Heber ist in Peru.
Wir sind noch immer in Wien.

~

Vier Wochen nach Abflug der Eltern der gleiche stechende Bauchschmerz, das gleiche schwarze Schlamassel.
„Keine Angst", sagt der freundliche Arzt bei den „Barmherzigen Brüdern", „bisserl früh dran. Das ist alles."

„Meine Schwester war vierzehn, Herr Doktor, wie sie ihre Regel gekriegt hat! Vierzehneinhalb! Ich bin zehn!“

Der Doktor wäscht seine Hände, trocknet sie ab und sagt: „Kind, biologische Uhren sind so unterschiedlich wie Uhren, die du beim Uhrmacher kaufst. Dir hat die Natur offenbar kein Schweizer Modell mitgegeben. Aber auch kein kaputtes. Deine Uhr ist in Ordnung. Sie geht nur vier Jahre vor.“

~

Rotenturmstraße, 6. Stock.

Da wohnen wir jetzt, zu dritt, Tante Jetti, meine Schwester und ich.

Ein Atelierraum mit Glasfront und Glasdach, eine winzige Küche mit Gasherd und Kohleofen, ein Abstellraum ohne Fenster. Der Hauptraum ist nicht beheizbar. Wasser und Klo am Gang. Zum Waschen, auf einem Stockerl, Waschschüssel, Krug und Kübel, alles aus schartigem Blech.

Wir sind nicht die einzigen Bewohner. Bekannte erwarten uns: Wanzen!

Diesmal gibt's keine Lina, die ihnen zu Leibe rückt. Wir müssen es selber tun.

Aber keine Angst, keine Angst! Es kann nicht mehr lange dauern, dann ist unser Visum da und wir fahren nach Paris!

~

Post aus Paris!

Liebe Kinder!

Onkel Otto ist tot. Er kam vor zwei Wochen aus New York mit einer Lungenentzündung, wurde mit der Ambulance ins Amerikanische Hospital gebracht und starb am nächsten Morgen. Wir sind sehr traurig. Er war ein guter, großzügiger Mensch, und er hat Euch gern gehabt. Ich umarme Euch.
Eure Annie

Karl schreibt demnächst.

~

Ich habe mein Geld vergessen! Im Gebälk unseres Esszimmertischs, der irgendwo gelandet ist, in irgendwelchem Gerümpel.
Papa ist weg. Annie ist weg. Judy ist weg. Mein Zuhause ist weg. Die Fee Peri Banu ist weg, mitsamt ihrem Schloss und ihrem Garten. Ich habe keine Träne vergossen.
Jetzt weine ich, weine, weine, als könnte ich nie wieder aufhören. Wegen vier Schilling zwanzig!

~

Papas Jugendfreund Egon wurde zu unserem „Sachwalter“ bestellt. Er waltet gewissenhaft, vertritt uns bei den Behörden, stellt Anträge, schreibt Gesuche und gibt mir samstags, in der Küche, erstklassigen Lateinunterricht, zu seinem eigenen Vergnügen und meinem lebenslangen Gewinn. Mischlinge, egal welchen Grades, dürfen nicht ins Gymnasium, höhere Schulbildung ist uns verwehrt.

Ich besuche die Hauptschule Stubenbastei im ersten Bezirk in Wien. Unser Direktor, Herr Weiß, klein, dick, cholerisch, mit Elefantenohren und einer unförmigen Nase, die aussieht wie ein Geschwür, war Volksschullehrer gewesen, ehe man ihn für treue illegale NSDAP-Mitgliedschaft mit einem Direktorenposten in der Innenstadt belohnte.

Er sprach wüsten Wiener Dialekt und brüllte uns an: „Rotzpipn! Euch wer' i die Wadln fürerichten!“

Dabei schnaufte er wie ein Walross, sein Gesicht lief dunkelrot an und die Adern an seinen Schläfen traten violett hervor.

Unglaubhaft, aber wahr: Ich bin sein erklärter Liebling. Ich trage zu seinem Fach (Erdkunde und Geschichte) öfters Anekdoten bei, die den Mitschülerinnen gefallen und den Unterricht auflockern. So erzähle ich zum Beispiel, als von den großen Seefahrern die Rede ist,

die Geschichte von Vasco da Gama, dem Entdecker des Seewegs nach Indien, und seiner schönen Geliebten.
Vasco lässt Selica sitzen. Sie legt sich unter den Manzanillabaum, dessen Giftblüten mörderisch duften, schaut dem davonsegelnden Dreimaster nach und atmet sich langsam zu Tode.
Es handelt sich um den Inhalt der Oper „Die Afrikanerin“ von Giacomo Meyerbeer. Das lasse ich unerwähnt.
Mein Stein im Brett des Herrn Direktor fällt mit Gepolter heraus, als er die Frage stellt: „Wer ist noch nicht Mitglied des ‚Bundes Deutscher Mädchen‘?“
Ich zeige auf.
„Warum nicht?“
„Weil mein Vater Halbjude ist und meine Mutter Jüdin!“
Meine Mutter war keineswegs Jüdin. Das habe ich schlicht vergessen.
Egon muss in die Schule, den Irrtum richtigstellen. Seither ist Herr Weiß mein Feind. Dass er mich anfangs mochte, macht ihn noch bösartiger.

~

In dem Haus, das wir jetzt bewohnen, gibt's eine Waschküche mit Trog, Kessel, Rumpel, Bürsten und einem altmodischen Ding namens Wäscherolle, mit deren Hilfe man Tisch- und Bettwäsche plattwalzen kann.

Die Waschküche steht jedem Mieter einen Tag im Monat zur Verfügung. Morgen ist unser Tag.
Heute Abend werden Tante Jetti und ich die Schmutzwäsche im Waschtrog einweichen. Morgen Früh um acht kommt Frau Raab und besorgt alles Weitere: Auskochen, Bürsten, Schwemmen, Auswringen und Aufhängen, nebenan auf dem Trockenboden.
Ich werde Schule schwänzen und Frau Raab zur Hand gehen.
Meine Schwester ist entschuldigt. Seit man sie aus dem Gymnasium hinausgeworfen hat, geht sie in eine Maturaschule. Die veranstalten Vorprüfungen, damit niemand durchfällt, wenn's ernst wird.
Tante Jetti wird auch nicht mitwaschen. Sie hat's mit den Bandscheiben, sagt sie, jede Bewegung schmerzt, aber die Frau Raab und ich, wir werden das schon schaffen!
Am nächsten Morgen um acht – keine Frau Raab. Wir warten. Sonst ist sie die Pünktlichkeit selbst. Halb neun. Noch immer niemand. Endlich, um neun: Es klopft! Vor der Tür eine junge Person, die aussieht wie aus einem Modejournal für Frauen, die selber nähen.
„Ja bitte?"
„Guten Morgen. Mein Name ist Augusta Raab. Meine Mutter kann nicht kommen. Sie hatte einen Unfall."
„Was für einen Unfall?"
„Sie ist gestürzt. Treppabwärts. Über ein Hindernis. Dabei hat sie sich verletzt."
„Sie – sich?", wiederhole ich, zweifelnd.
Tante Jetti blickt missbilligend. Was redet das Kind da schon wieder? Sie weiß nicht, dass Herr Raab seine

Frau regelmäßig verprügelt. Ich habe es ihr nicht erzählt. Das musste ich Frau Raab versprechen.
„Natürlich sie sich", sagt Gusti, dreht sich um und geht, grußlos.
Frau Raab kommt nicht. Was tun?
Die Wäsche muss aus dem Trog. Morgen sind Schmutzers dran, und wie ich Frau Schmutzer kenne, erscheint sie heute Punkt sechs mit ihrer schmutzigen Wäsche.
Tante Jetti stöhnt: „Mein Rücken!", setzt Wasser auf für eine Wärmflasche, wartet ab, bis es heiß ist, füllt ihren Thermophor und legt sich damit ins Bett.
Ich gehe in die Waschküche hinüber, dort steht, zum Glück, ein Kübel. Keine Ahnung, wem er gehört. Ich kremple die Ärmel hoch, fische ein Stück nach dem anderen aus dem grauen Seifenwasser, wringe es, so gut ich kann, und fülle den Kübel bis zum Rand mit tropfnassen Wäschestücken. Sie werden warten müssen, bis Frau Raab wiederkommt.
Hoffentlich hat Herr Raab seine Frau nicht zu übel zugerichtet. Dass er das Hindernis war, bezweifle ich nicht im Geringsten.
Ich schleppe den Kübel hinaus, stelle ihn alle paar Meter nieder, glaube, mein Arm reißt ab, merke, dass mein Arm nicht abreißt, schaffe es bis hinüber, stelle den Kübel ab.
Ich bin durchfroren, durchnässt, am Ende meiner Kräfte, erwarte Lob und Dank.
Tante Jetti, im Bett, setzt sich auf und sagt: „Du überschwemmst ja alles! Kannst du nicht aufpassen, Kind?"

~

„War der Briefträger da?“ Meine erste Frage, wenn ich aus der Schule komme.
„Nein.“ Tante Jettis Antwort ist jeden Tag die gleiche. Außer die Eltern schreiben. Dann tut es doppelt weh, dass das Visum noch immer nicht da ist.

~

Bade- und Schuranstalt
Nur gegen Voranmeldung!

Das Schild hängt an Egons und Leopoldines Badezimmertüre in ihrer neuen Wohnung. Die beiden sind auch übersiedelt.
Da wir kein Bad mehr haben, laden sie uns ein, zu ihnen zu kommen, zu baden und nachher Kaffee zu trinken.
„Wirklich sehr großzügig von ihnen!“, sagt Tante Jetti, frisch gebadet, während sie ihre Haare kämmt, ohne in den Spiegel zu schauen. Tante Jetti schaut nie in den Spiegel. „Aussehen ist unwichtig!“, sagt sie. „Wichtig ist nur der Charakter!“
Ihr Badewasser läuft ab. Wir lassen neues ein. Ursprünglich hatte sie gemeint, wir sollten alle drei in demselben Wasser baden, natürlich sie zuerst,

„damit's nicht zu teuer kommt! Das sind nämlich wahre Freunde!"
Sind sie das?
Die neue Sitzgruppe, hochmodern, verstellbare Fauteuils, „Kanadier" genannt, steckt unter weißen Schutzhüllen. Nimmt man diese Hüllen nicht ab, bevor wahre Freunde kommen? Oder glaubt Egons Frau, wir machen die Polster schmutzig?
Das Baden ist eine Wonne.
Wir tun's gemeinsam, meine Schwester und ich, unfassbar rücksichtsvoll, reichen einander die Seife, sagen „Bitte", „Danke" und „Pardon!", wenn wir aneinanderstoßen, und schrubben uns gegenseitig den Rücken, weil man, wie Lina schon sagte, „hinten keine Augen nicht hat".
Nachher fühlen wir uns beflügelt, schweben ins Wohnzimmer und nehmen mit Egon, Leopoldine und Jetti am zierlichen Kaffeetisch Platz.
Die Sitzgruppe in der Ecke ist nach wie vor verhüllt.
Ich weiß, wie der Möbelstoff aussieht, sie haben uns Fotos gezeigt. Als hätte der Stoff-Entwerfer das „Dschungelbuch" darstellen wollen: Affen, Tiger, Bären, Schlangen bevölkern Baumkronen, Palmen und Unterholz, eine rot-gelbe Sonne steht kugelrund am Horizont.
Meine Serviette fällt hinunter. Ich weiß nicht, warum, unvermeidlich, bis auf den heutigen Tag, fallen mir die Servietten hinunter. Ich bücke mich, und siehe da: „Das ist ja unser Teppich!!"
Komisch. Jetzt gefällt er mir.

~

Englisch-Stunde bei Doktor Bauer, einem älteren Herrn mit Zwicker. Er rückt daran oft herum, seine Nase zeigt weißliche Kerben.
Er geht von Bank zu Bank und kontrolliert die Vokabelhefte. Sie sollen hundert Seiten stark sein. Mein Heft umfasst zwanzig Seiten.
„Was soll das?", fragt er ungehalten. „Habe ich nicht deutlich gesagt, ein dickes Vokabelheft! Ein Heft für die ganze Schulzeit! Das heißt, für alle vier Jahre!"
„So lange bin ich nicht da."
„Ach nein? Und wo wirst du sein, wenn man fragen darf?"
„In Paris."
Er nimmt den Zwicker ab.
„Sobald unser Visum da ist, fahren wir zu unseren Eltern, meine Schwester und ich."
„So, so."
Er zückt sein Taschentuch, nimmt den Zwicker ab und beginnt, ihn zu putzen. „Also, wenn das so ist. Wenn du wirklich nach Paris fährst, dann würde ich, an deiner Stelle, lieber Französisch lernen!"

~

Ich gehe über den Heldenplatz. Die Sonne wärmt noch nicht. Die Vögel sind geschäftig, die Fliederbüsche grün überhaucht.
Ich komme aus der Hofburgkapelle. Die Sängerknaben haben die Krönungsmesse aufgeführt. Mein Kopf ist voll Musik.
Auf einer Bank sitzt ein älterer Herr ohne Mantel, aber mit Hut, auf dem Rockaufschlag des Jacketts glänzt das Parteiabzeichen.
Ich kenne den Mann.
Unmöglich. Ich kenne keine Parteigenossen.
Ich gehe weiter. Der Mann steht auf, folgt mir. „Servus!"
„Kennen wir uns?" Ich gehe schneller. Er hält Schritt, nimmt den Hut ab. Ein Glatzkopf. Ignaz!
„Wie geht es dir?"
„Danke, gut."
Jetzt weiß ich, was mir bekannt vorkam: der Anzug! Ignaz trägt Onkel Ottos unvergessenen grauen.
Er folgt meinem Blick und sagt: „Der Herr Direktor hat mir ein paar Anzüge dagelassen. Wie geht es dem Herrn Direktor?"
„Der Herr Direktor ist tot."
Er bleibt stehen. „Hat man ihn –" Er verstummt. Ich bleibe auch stehen. „Nein. Man hat ihn nicht umgebracht. In Paris gibt's keine Kristallnacht. Er ist im Spital gestorben. An Lungenentzündung."
„Singst du noch?"
„Bitte??"

„Ob du noch singst. Du hast doch immer gesungen, am Sonntagvormittag mit Herrn Albert, deiner Schwester und deinem Papa?"
„Woher wissen Sie das?"
„Ich habe zugehört."
„Wo?"
„Im Obstzimmer. Die Frau Doktor und die Frau Mama waren am Semmering, der Herr Direktor außer Haus. Ich habe alle Türen aufgemacht."
Ignaz beginnt zu singen, mitten auf dem Heldenplatz: „Prinz Eugenius, der edle Ritter", verstummt jäh, als hätte er sich bei etwas Verbotenem ertappt, und geht, je weiter weg, desto schneller.
Ich habe ihn nie wiedergesehen.

~

Meine Schwester und ich, sechzehn und elf, gehen zur französischen Botschaft. Tante Jetti weiß nichts davon.
Wir halten es nicht mehr aus. Wann kommt endlich unser Visum? Wir wollen zu unseren Eltern.
Etwas Seltsames hat sich vollzogen: Wir sagen nicht mehr „Annie und Papa". Wir sagen: „Unsere Eltern."
Es ist ganz von selbst geschehen.
Der Türsteher weist uns ab. Meine Schwester bleibt unbeeindruckt. Sie ist sehr hübsch. Sie hat Charme. Seit Nino kennt sie ihre Macht und weiß damit umzugehen. Wir schaffen es bis zum Konsul!

Der ältere Herr, rundlich, freundlich, begegnet uns wie ein weiser, gütiger Großpapa.
„Geht jetzt nach Hause, Kinder. Ihr werdet von uns hören."
„Promis?", fragt meine Schwester. „Promis" heißt: „versprochen". Das weiß ich.
„Promis!", sagt der Großpapa.
Wir gehen also nach Hause, die Stiege hinunter, enttäuscht. Noch heute sehe ich den Belag der Treppenstufen vor mir: graublaue Spiralen, verschwimmend, in der Mitte ein gelber Punkt.

~

In meiner Klasse sitzt ein zurückgebliebenes Mädchen. Sie heißt Rautelindis Schreiber, hat einen zu großen Kopf im Verhältnis zum schmächtigen Körper, wässrige Augen, flackernden Blick und eine Piepsstimme.
Sie liebt mich.
Ich kann nichts dafür. Ich bin nicht nett zu ihr. Ich bin nur nicht ekelhaft. Ich tuschle nicht hinter ihr her, nenn' sie nicht „Depperl", kurzum, ich verhalte mich neutral.
Neben mir fühlt sie sich beschützt. Ich stehe in der Klasse gut da, meine jüdische Großmutter ist meinen Mitschülerinnen egal und meine Freundin Trude ist BDM-Führerin. Direktor Weiß brüllt sie an: „Ein deutsches Mädchen wie du! Such' dir eine andere Freundin!"
Trude erzählt mir den Vorfall und schließt den Bericht mit den Worten: „Er kann brüllen, bis er platzt! Ein deutsches Mädchen ist treu!"

Trude ist mächtig stolz auf ihre acht arischen Urgroßeltern. Dass man meinen Vater hinausgeschmissen hat, findet sie „nicht in Ordnung", aber „davon weiß der Führer nichts!"
Einmal frage ich: „Trude! Was hast du dafür geleistet, reinrassig arisch zu sein?"
Sie schaut mich nachsichtig an: „Ich habe in meinen Vorfahren gelebt."
„Wie hast du das gemacht?"
Die Antwort bleibt Trude erspart. Der Herr Direktor tritt ein, röter im Gesicht als üblich.
Wir stehen geräuschvoll auf.
„Heil Hitler! Stehen bleiben! Ein historischer Moment! Die Polen haben uns überfallen! Daraufhin hat der Führer und Oberbefehlshaber der Wehrmacht Polen den Krieg erklärt! Der Unterricht ist für heute beendet! Sieg Heil!"
Er stimmt mit krächzender Stimme das Deutschlandlied an, gefolgt vom Horst-Wessel-Lied.
Während beider Kraftgesänge muss der rechte Arm ausgestreckt bleiben. Das strengt an. Mein Arm beginnt bereits bei „Maas und Memel" zu kribbeln. Und wenn die „Kam'raden im Geist mitmarschier'n", ist er endgültig taub.

~

Frau Professor Eybl, Deutsch und Musik, merkt, dass ich singen kann. Sie setzt mich auf das Programm des

Festkonzerts anlässlich des „Tags der deutschen Hausmusik" mit dem „Heidenröslein" von Schubert. Ich habe lang nicht mehr gesungen.
Tags zuvor probieren wir im Festsaal, Frau Eybl am Klavier.
„Knabe sprach: Ich breche dich, Röslein auf der Heiden. Röslein sprach: Ich steche dich –"
Die Türe geht auf. Herr Weiß kommt herein. Frau Eybl spielt weiter. „– dass du ewig denkst an mich! Und ich will's nicht leiden."
Herr Weiß geht hinaus.
„Röslein, Röslein, Röslein rot, Röslein auf der Heiden."
„Sehr gut", sagt Frau Eybl und schließt das Klavier. „Bis morgen. Schon' deine Stimme."
Ich gehe in die Klasse zurück. Wenig später kommt Frau Eybl und winkt mich zu sich. „Du bist Mischling zweiten Grades?"
„Ja."
„Das wusste ich nicht. Tut mir leid. Das ‚Heidenröslein' ist gestrichen. Der Herr Direktor wünscht nicht, dass ein jüdisch versipptes Kind am Tag der deutschen Hausmusik auftritt. Mach' dir nichts draus. Du hast eine schöne Stimme. Die kann dir niemand nehmen."
Irrtum. Ab da ist die Stimme weg. Akkurat ab dem „G", dem höchsten Ton des Liedes „Das Heidenröslein" von Schubert.

~

Ein schöner Spätsommertag. Meine Schwester und ich, mit Schwimmzeug, gehen die sechs Stock hinunter. Liftfahren kostet zehn Pfennig, einmal Oper, Stehparterre, kostet eine Mark. Zehnmal zu Fuß ist gleich einmal Oper.
Aus der Wohnung der Schmutzers tönt lärmende Marschmusik. Dann meldet ein Radiosprecher: „England und Frankreich haben Deutschland den Krieg erklärt. Der Führer und Oberste Befehlshaber der Wehrmacht wird sich in Kürze an das deutsche Volk wenden." Und wieder Marschmusik.
Frankreich ist mit Deutschland im Krieg! Jetzt liegt Paris auf dem Mond! Das Wiedersehen mit den Eltern auf Nach-dem-Krieg verschoben! Und wenn Deutschland siegt? Was dann? Sollen wir zurück in die Wohnung und der Tante sagen, es ist Krieg? Nein, sie erfährt's früh genug. Wir gehen schwimmen, wie geplant, an die Obere Alte Donau, zu unserem Badeplatz, da kann man wild ins Wasser und rundherum gibt's Gebüsch, wo man sich umziehen kann.
Auf der Straße ist alles wie immer. Die Menschen gehen ihrer Wege, als wäre Krieg normal. Nur aus ein paar offenen Fenstern tönt, vervielfacht, Hitlers Gebrüll.

~

Mit Kriegsausbruch tritt die Verordnung „Verdunkelung“ in Kraft. Luftangriffe sind zu erwarten. Kein Lichtschimmer darf nach draußen.
Sachwalter Egon macht sich erbötig, den Atelierraum zu verdunkeln.
„Aber ich bitte Sie“, sagt Tante Jetti, „das sind zwölf Quadratmeter Glas!“
„Sechzehn“, sagt Egon, der Fenster und Dach im Geist längst vermessen hat.
„Kommt überhaupt nicht infrage! Die Kinder schlafen im Dunkeln!“
„Und wenn sie Klavier üben wollen? Da müssen sie etwas sehen!“
Meine Schwester übt weiter Klavier. Ich nicht. Ich lerne Sprachen. Französisch, Englisch, Italienisch.
Egon besorgt schwarzes Papier, Holzleisten, Nägel, Schrauben, Flaschenzüge, Ösen, Spagat, Klebebänder, eine Säge, kommt in der Arbeitshose, ohne Jackett, mit Schürze, krempelt die Ärmel hoch, steigt auf die Leiter, nimmt Maß, kniet nieder, schneidet, sägt, hämmert, schraubt, klebt und zieht endlich, triumphierend, die Verdunkelungsvorrichtung hoch. Sie ist perfekt. Egon strahlt. Er kommt mir vor wie ich, mit meiner Kinderpost.

~

Die Deutschen sind in Paris. Hitler vor dem Eiffelturm. Hitler vor Notre Dame. Hitler vor dem Arc de Triomphe. Die Fotos, unerträglich, stehen in jedem Schaufenster.
Durch Wiens Straßen spazieren Wehrmachtsoffiziere mit ihren Damen. Viele Damen sind mit seidegefütterten Füchsen behängt. Offenbar gibt es in Frankreich seidegefütterte Füchse günstig wie nirgends sonst.
Von unseren Eltern haben wir seit Kriegsbeginn nichts gehört.
Mir ist danach, zu beten.
Ich gehe in den Stephansdom, knie nieder, falte die Hände: „Lieber Gott –" und scheitere am ersten Wort. Gott ist nicht lieb. Gott hat nicht einmal dem eigenen Sohn geholfen.
„Mein Kind, der liebe Gott ist uns keine Rechenschaft schuldig", hat der Herr Katechet gesagt.
Falsch! Gott ist uns Rechenschaft schuldig! Er hat uns gemacht. Der Macher haftet für sein Produkt. Dafür gibt's den Garantieschein. Muss Gott für nichts garantieren?
Ich will nicht mehr knien. Ich stehe auf.
Plötzlich überkommt mich die Lust, die Kerzen auszublasen, alle die flackernden Wünsche, wachsduftenden Gebete, die niemand erhören wird.
Auf meinem Weg zum Ausgang komme ich an einer Frau vorbei. Sie kniet im Kirchengestühl, die Hände vorm Gesicht. Ich kenne diese Hände.
„Frau Raab!"
Sie nimmt die Hände weg, wendet mir das Gesicht zu. Es ist verweint und verquollen.

„Was ist geschehen?“
„Der Heini –“
„Was ist mit dem Heini?“
„Der Heini ist in Frankreich gefallen.“

~

Meine erste Gesangslehrerin hieß Fritzi Lahr-Goldschmied, eine Jüdin, weißhaarig, klein, bucklig, bis 1938 Stimmbildnerin berühmter Opernstars.
Jetzt war Frau Fritzi ein U-Boot.
Das heißt, sie lebte in Wien ohne Geld, ohne Papiere, ohne Lebensmittelmarken, obdachlos, vogelfrei. Jeder bewältigte Tag war eine Gratwanderung.
Sie schlief bald hier, bald da, manchmal im Geräteschuppen ihrer einstigen Villa in Döbling, die jetzt ihrem Ex-Mann gehörte.
„Und er kommt nicht herunter, wenn Sie im Schuppen schlafen?“
„Nein.“
„Also – wenn das mein Mann wär’ – ich würde ihn umbringen, glaub’ ich.“
„Dann falle ich erst recht auf“, sagt Fritzi.
Nicht auffallen, ja nicht auffallen, war oberstes Gebot.
Entdeckung bedeutete Tod, KZ für die Unterstützer.
Trotzdem sang ich seelenruhig meine Übungen, wenn Fritzi am Klavier saß. „Hab’ keine Angst! Lass’ es fließen!“

Nebenan in der Küche zitterte Tante Jetti. Nichtsdestoweniger setzte sie Fritzi nach der Gesangsstunde ein warmes Abendessen vor und gab ihr zwei Wurstbrote mit sowie eine Thermoskanne gefüllt mit heißem Tee, nicht ohne sich zu vergewissern: „Sie sagen ganz bestimmt nicht, von wem Sie die Kanne haben?"
„Ganz, ganz bestimmt nicht", sagte Fritzi.
Manchmal dunkelte es, wenn sie ging.
Wohin, wagte ich nicht zu fragen.

~

Wenn Wien ein Luftangriff bevorsteht, tönt es aus dem Volksempfänger: „Kuckuck! Kuckuck! Feindliche Verbände im Anflug!"
Bald darauf gibt es Fliegeralarm.
Wir steigen in den Keller hinunter, fragen uns, ob wir die Kellerstiege wieder hinaufsteigen werden, verhalten uns besonnen. Der Vorgang ist mittlerweile von grausiger Normalität.
Fräulein Anny, die Studienkollegin unserer Mutter, besucht eine Tante im neunten Wiener Bezirk, in der Schwarzspanierstraße.
Die Tante liegt krank im Bett, deshalb, als die Sirenen heulen, bleiben die Frauen in der Wohnung, hofseitig, im vierten Stock.
Fräulein Anny geht aufs Klo. Plötzlich ein Krachen, ein Knirschen, ein Augenblick entsetzlicher Stille, als hielte das Haus, ehe es birst, den Atem an, ein Dröh-

nen, ein Splittern, es regnet Schutt und Staub, das halbe Haus stürzt in die Tiefe, samt Tante im Bett und allem, was leibt und lebt. Fräulein Anny, halb nackt im Freien, am Abgrund im vierten Stock, muss auf die Feuerwehr warten.
Sie wartet die ganze Nacht.
Am Morgen wird sie abgeseilt. Man bringt sie ins Krankenhaus.
Sie ist keine Unbekannte. Wir lesen in der Zeitung von ihrem Ungemach.
Tante Jetti besucht sie im Spital.
„Sie ist nicht mehr ganz bei Trost", berichtet sie nach ihrer Rückkehr. „Wollte zum Beispiel wissen, wie es eurer Mutter geht."
„Was hast du gesagt?"
„Danke, gut. Dabei hat sie bei Mizzis Begräbnis das ‚Largo' von Händel gespielt!"
Fräulein Anny wird nach einer Woche in häusliche Pflege entlassen. Sie lebt allein. Niemand pflegt sie.
Sie spielt nach wie vor Klavier. Aber sie wäscht sich nicht mehr, pudert ihre Nase nicht mehr, verwendet Zeitungspapier anstelle von Unterwäsche. Es knistert. Man hört es. Man riecht es. Und sie lässt ihre Haare verfilzen. Das graue Gewirr sieht aus wie ein leeres Vogelnest.
Eines Tages sehe ich Fräulein Anny auf der anderen Straßenseite. Schon will ich hinübergehen, da schwebt ein zerknautschtes Zeitungsblatt aus ihrem Rock auf den Gehsteig, bleibt liegen, wird weitergeweht. Ein Hund kommt und schnüffelt daran. Fräulein Anny geht weiter, als wär' nichts.

~

Es gibt keinen Schulunterricht. Stattdessen eine Filmvorführung im nahen Gartenbaukino: „Ich klage an" mit Heidemarie Hatheyer. Sie spielt eine Arztgattin, an Multipler Sklerose erkrankt, die einem qualvollen Tod entgegengeht. Ihr Mann erlöst sie mit einem Giftmix. Sie stirbt in seinen Armen.

Des Mordes angeklagt, hält er eine flammende Rede zugunsten des Rechts, Todkranken das Sterben zu erleichtern.

Der Film überzeugt mich. Jawohl! Sterbehilfe sollte erlaubt sein!

Sie wird bereits praktiziert, wie sich nach dem Krieg herausstellt, in Wien, „Am Spiegelgrund".

~

Frau Lahr-Goldschmied unterrichtet auch unsere Freundin Antonia, bei uns, im kalten Atelier. Wir haben uns mit Antonia in der Oper angefreundet, am Stehplatz, im „rechten Kipferl", dem zipfelförmigen rechten Ende der ersten Stehparterre-Reihe.

Es gibt auch ein linkes Kipferl. Das ignorieren wir.

Antonia ist im Besitz eines silbrigen Soprans, der an der Musikakademie, wo sie studiert, ruiniert wird.

Ihre Lehrerin, die walkürenhafte „Hochdramatische“ Anny Konetzni, lässt sie schwierige Arien schmettern und fordert Lautstärke ein.
Die Musikakademie ist im Gebäude des Akademietheaters untergebracht. Das Theater steht den Studierenden der Opernschule als Probebühne zur Verfügung, ganze Opern werden einstudiert.
Ich schleiche mich manchmal hinein, schaue den Proben zu und beneide die jungen Leute, die auf der Bühne stehen.
Oder ich gehe durch die Gänge der Lehranstalt wie ein Gespenst und horche an den Türen. Sie sind orange gestrichen. Seither ist die Farbe Orange für mich eine Sehnsuchtsfarbe.
Aus jedem Raum klingt Musik. Hier schabt eine Geige, dort gickst ein Trompeter, da wird gut Klavier gespielt.
Ich stehe nicht lang vor den Zimmern der Instrumentalisten. Mich interessieren die Sänger. Ein Bariton quält sich mit der Kavatine des Figaro, ein Koloratursopran bewältigt die Königin der Nacht, ein Mezzo singt die Canzone des Cherubin aus „Figaros Hochzeit“. „Voi, che sapete che cosa è amor“ auf Italienisch! Warum? Sie spricht es falsch aus. Und der Lehrer? Hat der dazu nichts zu bemerken?
Ich könnte es besser. Viel besser. Aber die nehmen mich nicht.
Dass ab dem „G“ immer noch Schluss ist, macht Fritzi keine Sorgen.

„Du sagst, die Höhe war da?“
„Ja, die war da.“
„Na also. Dann muss sie ja irgendwo sein.“
Ich will es gern glauben. Aber wo?
Fritzi setzt Antonia auf Diät, verbietet ihr Opernarien, lässt sie einfachste Lieder singen, Marchesi-Vokalisen, kurz, bringt ihr geduldig bei, die Stimme schonend zu gebrauchen.
Und dass Antonia heute bayerische Kammersängerin ist, verdankt sie Fritzi Lahr-Goldschmied, dem einstigen U-Boot in Wien.
Zu Fritzis Schülerinnen zählte auch Ruthilde Boesch, damals die Gattin eines hohen Wehrmachtsoffiziers.
Ob er nicht wusste, wer seiner Frau Gesangsstunden gab, ob er es nicht wissen wollte – Tatsache ist, er schwieg. Ruthilde Boesch ihrerseits unterrichtete nach dem Krieg die große Gruberová.
Wenn ich der zuhöre, bewundernd, ist es, als stünde ich wieder im kalten Atelier und hörte Fritzi sagen: „Hab' keine Angst! Lass' es fließen!“

~

Der Briefträger bringt eine Postkarte aus Paris! Papas Schrift!
„Schöne Grüße“, hat er geschrieben, Wochen vor Kriegsausbruch. „Wir denken an Euch! Seid umarmt!“
Daneben der deutsche Reichsadler. Und der gestempelte Vermerk: „Die anliegende Postsendung wurde in

Feindesland sichergestellt. Oberkommando der Wehrmacht. Geprüft."
Man kann den Deutschen nachsagen, was man will. Eines muss man ihnen lassen: Sie sind sehr ordentlich.

~

Die Rechtes-Kipferl-Bande zählt etwa zehn Mitglieder. Da sind die Gebrüder Stummer, 19 und 21, beide in Uniform. Rudi hat Fronturlaub, Charly kommt zur Marine. Sie sehen nicht aus wie Brüder. Rudi ist dunkel, Charly blond, Charly will Sänger werden, Rudi Bauingenieur. Der Vater war eines Tages Bier holen gegangen, mit dem schönen Karlsbader Krug, und nie zurückgekommen.
Dann ist da Bruno, 20, ebenfalls auf Heimaturlaub. Dass er den letzten Abend lieber in der Oper verbringt als daheim bei seiner Mutter, bricht Letzterer das Herz. Er hasst Wagner und liebt Rossini.
Dann Friedl und ihre Mutter, beide rothaarig, sommersprossig. Sie sehen aus wie Schwestern.
Und Molly. Klein, dick, behäbig. Molly will Sängerin werden.
Wir mahnen: „Molly, die Zeit der singenden Tonnen ist vorbei! Denk' an die Cebotari! Die Alda Noni! Die Seefried! Wie willst du eine Liebesszene spielen, wenn der Tenor mit den Armen nicht einmal um dich herumkommt? Du musst abnehmen! Unbedingt! Sei froh, dass es nichts zu essen gibt!"

Wir übertreiben. Es gibt genug zu essen. Die deutsche Bevölkerung wird gut versorgt. Die Lebensmittelmarken reichen aus, das Volk gesund zu erhalten. Man war, weil nicht überfressen, gesünder als heutzutage. Zudem gab's in jedem Gasthaus ein sogenanntes „Stammgericht" markenfrei, meistens Erdäpfel und Rüben in einer faden Mehlsauce.
Nein, man verhungerte nicht als deutscher Volksgenosse.
U-Boote hatten es schwerer.

~

Die Eheleute Mizzi und Schurl, Freunde von Tante Jetti, insgeheim Kommunisten, haben einen Kleingarten mit Hütte an der Unteren Alten Donau. Wir sind dort öfters zu Gast. Nicht weit davon gibt es ein Lager für russische Kriegsgefangene. Man karrt sie täglich zur Arbeit in eine Munitionsfabrik. Zum Lastwagen, der sie abtransportiert, gehen sie in Dreierreihen, begleitet von zwei Reservisten mit entsichertem Gewehr.
Wir sitzen im Gärtchen in der Sonne. Schurl kommt nach Hause und sagt: „Ich bin den Russen begegnet."
„Und?" Mizzis Ton verrät Besorgnis. Schurl ist unbedacht.
„Der Wachter hat wegg'schaut. Da hab' ich einem Russen a Packl Tschick zug'steckt."
„Aha."

„Und damit er weiß, woher's kommt, hab' i vorn auf das Packl an Hammer und a Sichel hing'malt."
Mizzi schenkt ihrem Mann einen Blick unendlicher Traurigkeit. Dann sagt sie, als hätte sie im Moment die Erkenntnis ihres Lebens: „Schurl –"
„Ja?"
„Du bist dumm!"

~

Meine Hauptschulzeit geht zu Ende. Ein Berufsberater kommt in die Klasse, geht von Bank zu Bank und verteilt Formulare.
„Berufswunsch?" steht da, und daneben: „Empfohlener Beruf".
Wir müssen das Formular ausfüllen, er sammelt die Zettel ein, kommt nach einer Woche wieder und teilt sie aus. „Opernsängerin", mein Berufswunsch, ist durchgestrichen. Empfohlen wird mir der Beruf: „Automechanikerin". Ich muss lachen.
Das Lachen vergeht mir: Was, wenn ich meine Stimme nie wiederfinde? Niemals? Wenn die Höhe verschwunden bleibt?
Studieren ist mir verboten. Friseurin will ich nicht werden. Lieber an einem Vergaser hantieren als an einem fremden Kopf.
Automechanikerin! Warum nicht? Hätte was Originelles!

~

Ein Kriegsabendessen, im Winter. Es gibt Erdäpfelgulasch mit Gurkerl und nachher Wackelpudding aus Magermilch („entrahmte Frischmilch“ ist die offizielle Bezeichnung) mit Schokoaroma und falschem, bläulichem Schlagobers. Wir sitzen in der winzigen Küche, Tante Jetti, meine Schwester und ich. Die Luft ist schlecht und stickig. Wir heizen mit dem Backrohr.

Es klopft.

Wir haben keine Klingel. Ich stehe auf. Tante Jetti sagt: „Frag, wer's ist.“

„Wer ist da?“

„Ich“, sagt eine Männerstimme.

Tante Jetti ruft: „Wer, ich?“

„Der Theo.“

Sie geht zur Türe, öffnet. Draußen steht ein Mann um die fünfzig in einem schäbigen Mantel.

„Was willst du?“

„Darf ich hereinkommen?“

Sie lässt ihn eintreten. Er zieht den Mantel aus, wirft ihn auf Jettis Bett, wir haben keine Kleiderablage, setzt sich unaufgefordert und sagt: „Schokoladepudding!“

„Für die Kinder“, sagt Tante Jetti und teilt uns den letzten Rest zu. „Was willst du?“

Er holt eine Zigarette hervor. Eine selbst gestopfte.

Ich versteh' was von Zigaretten. Papa rauchte nach seiner Entlassung keine ägyptischen mehr, sondern auch selbst gestopfte. Ich sah ihm beim Stopfen zu und wunderte mich, dass das Röllchen, kurz abgeleckt, tatsächlich hielt.

„Bitte nicht“, sagt Tante Jetti. „Ich schlafe in diesem Raum!“

Theo steckt die Zigarette ein. Seine Hände zittern.

Er tut mir leid, mein Onkel. Es muss mein Onkel sein! Ich bin ihm nie begegnet, aber ich weiß, Onkel Leo hat einen Bruder namens Theo, mit dem er zerstritten ist. Warum, wurde nie erklärt.

Von Theos Betrügereien wusste ich damals nichts. Nur dass Papa Onkel Theo „den Ungeratenen“ nannte.

Ich sah ihn mir aufmerksam an. Wieso war er „ungeraten“? Was bedeutete das Wort?

Tante Jetti wiederholt unfreundlich: „Ich hab’ dich gefragt, was du willst.“

„Ich will euch helfen.“

„Wie?“

„Leo ist tot.“

Wir wissen es. Wir haben die Todesanzeige im „Völkischen Beobachter“ gelesen. Zum Begräbnis waren wir nicht geladen. Seit Judy in Kanada war, gab’s keinen Kontakt zwischen uns. Vermutlich sympathisierte Onkel Leo mit den Nazis, seine Kurzwellen-Ordination blühte, heute, in der Erinnerung, erscheinen mir die Apparate wie Mobiliar aus „Raumschiff Enterprise“.

Die neue Assistentin war nicht halb so schön wie Judy, wir sind den beiden einmal in der Herrengasse begegnet. Onkel Leo stellte uns vor: „Meine Nichten.“

Sie hatte freundlich gelächelt.

„Wir wissen, dass Leo tot ist", sagt Tante Jetti. „Und?"
Theo tut geheimnisvoll. Dann sagt er: „Die Person erbt alles."
„Welche Person?"
„Die Assistentin. Natürlich seine Geliebte. Er hat ihr alles vermacht."
„Darf er das nicht?", fragt meine Schwester.
„Kluges Kind! Nein, das darf er nicht. Ihr seid seine leiblichen Nichten, euch steht ein Pflichtteil zu."
Unten scheppern Sammelbüchsen. Schüler und Schülerinnen sammeln für die Winterhilfe. Eigentlich müsste ich auch sammeln. Ich habe mich gedrückt.
Theo sagt: „Entweder die Geliebte rückt euren Pflichtteil heraus oder ihr müsst prozessieren."
Ich sage: „Sie war sehr nett. Wir sind ihr einmal begegnet, mit ihm, in der Herrengasse."
„Sie ist eine Intrigantin!" Er fragt Tante Jetti direkt: „Soll ich mich darum kümmern?"
„Nur ja nicht!", sagt Tante Jetti, errötet und verbessert: „Nein danke, das ist nicht nötig, die Kinder haben einen Sachwalter. Der wird das übernehmen."
„Einen Sachwalter? So, so. Aha." Er greift nach den Zigaretten, versenkt sie wieder in der Tasche, kann nicht widerstehen und fragt: „Wen?"
„Das geht dich nichts an", sagt Tante Jetti, überraschend unerschrocken.
Niemand spricht. Dann sagt Theo: „Gebt ihr mir hundert Mark? Der Tipp ist schließlich was wert!"
Tante Jetti sagt: „Hundert Mark könnten wir selber brauchen. Wir leben von Pepis Pension."

„Immerhin. Von was Regelmäßigem!" Theo greift nach seinem Mantel.
Meine Schwester sagt „Moment" und geht nach nebenan. Tante Jetti blickt besorgt. Was hat das Kind vor?
Theo knöpft seinen Mantel zu. Ein Knopf fehlt. Der Schal sieht aus, als sei er vor langer Zeit teuer gewesen.
Meine Schwester kommt zurück, mit ihrem rosa Sparschwein. Sie drückt es Theo in die Hand.
Er sagt: „Du bist ein Engerl!", steckt es in die Tasche und geht. Wir horchen seinen Schritten nach, die Stiege hinunter. Das Liftgeld hat er gespart.
Tante Jetti sagt kopfschüttelnd: „Was ist dir da eingefallen …!"
„Ach, Tante", sagt meine Schwester, „er ist schließlich unser Onkel!"

~

Egon ist außer sich. Die Vorstellung, ich kröche, ölverschmiert, unter einem Auto hervor, ist ihm unerträglich.
Er wendet sich an Freunde, die sich dem Regime angedient haben und helfen könnten.
Sie helfen.
Mir wird gestattet, eine private zweijährige Handelsschule zu besuchen, die ich als „geprüfte Bürokraft" verlassen werde.
Außerdem reißt er den Behörden in Sachen „Verlassenschaft Dr. Leo Stieböck" 830 Reichsmark Pflichtteil für die leiblichen Nichten heraus.

Leos Geliebte erhebt keinen Einspruch, zahlt das Geld und lädt uns sogar zum Kaffee in die Wohnung im Hochhaus ein.
Wir rätseln, warum.
Aus Neugier? Aus Herzensgüte? Oder ist ihr ganz einfach fad, seit Leo gestorben ist?
Die Wohnung im modernen Hochhaus ist überraschend düster. Schwere Vorhänge sperren das Licht aus. Möbel aus dunklem Holz. Große, braunstichige Bilder von Wäldern und Wasserfällen, Hirschen und Abendrot. Ein Schreibtisch mit Rollladendeckel hat, wenn ich mich recht erinnere, Großmama Stieböck gehört.
Hätte Papa den Flügel unserer Mutter nicht besser hier eingestellt als in der Bösendorferstraße, wo alles verschleudert ist und neue Leute wohnen?
Er war eine Kostbarkeit, hat Tante Jetti gesagt, ein Stutzflügel aus der Manufaktur Nannette und Andreas Streicher, den Freunden Beethovens!
„Entschuldigt mich!", sagt die Geliebte. „Ich hol' den Kaffee." Sie geht hinaus.
„Ich glaub', sie ist einfach nett", sagt meine Schwester. „Was meinst du?"
Ich erwähne das Klavier.
„Hast du keine anderen Sorgen? Seit acht Wochen keine Nachricht, und du denkst an das blöde Klavier?"
Ich schäme mich. Ich bin das Letzte. Ich schlucke die Tränen hinunter.
Meine Schwester nimmt mich in die Arme. Das tut sie fast nie.

„Schon gut!“
Ich weine auf ihre Bluse.
Die Geliebte kommt mit dem Kaffee. Wir fahren auseinander.
„Ihr habt euch lieb! Das ist schön!“
Ich möchte sie erwürgen.
„Servus, Angela“, sagt meine Schwester. Sie hat das Gerippe entdeckt und hebt das weiße Laken.
„Verzeiht bitte“, sagt die Geliebte. „Ich hätte sie wegstellen sollen.“
„Warum? Wir sind alte Bekannte. Muss man sie eigentlich putzen?“
„Mit einem feinen Pinsel. Ich mache es selbst. Einmal im Monat. Die Putzfrau fürchtet sich.“
Meine Schwester deckt Angela zu.
„Stellt euch vor, Leo wollte sie in unser Schlafzimmer stellen! Als ‚Memento mori‘, das heißt –“
„Ich weiß, was das heißt“, unterbricht meine Schwester.
Ich füge hinzu: „Ich auch!“
„Ja, ja“, sagt die Geliebte, „ihr seid kluge Mädchen, ich weiß.“
„Woher?“, fragt meine Schwester. „Sie kennen uns nicht!“
„Schwester Marietta hat oft von euch gesprochen. Apropos.“
Sie steht auf, öffnet eine Lade, entnimmt ihr ein Tuch, zeigt es uns.
„Hat sie das hier vergessen? Kennt ihr dieses Tuch?“
O ja. Wir kennen das Tuch. Judy hat es getragen. Es ist aus nachtblauer Seide, mit silbernen Sternen bestickt. In seinen Falten ist Hietzing.

~

Ein Brief aus der Schweiz, aus Zürich, an meine Schwester und mich, Absenderin: Simone Schoechlin.
Wer ist Simone Schoechlin?
„Simone Schoechlin war eine Schülerin eurer Mutter", sagt Tante Jetti. „Sie war wie das Kind im Haus. Jetzt ist sie Klavierlehrerin in Zürich."
Wir öffnen den Umschlag. Papas Schrift!

Liebe Kinder! Liebe Jetti!

Es geht uns gut. Wir sind in Montauban, im unbesetzten Süden. Wie geht es Euch? Lasst von Euch hören! Wir umarmen Euch!
Karl. Annie.
Simone.

Und quer darüber der Stempel: „Geprüft. Reichszensurbehörde".
Die Eltern sind am Leben! Eine Riesenlast fällt von uns ab. Wir umarmen einander. Wir tanzen. Wir wollen von der Tante alles über Simone Schoechlin erfahren.
Die Ausbeute ist mager: „Sie hat ausgesehen wie ein Junge."
Ab sofort schicken wir unsere Briefe an Simone Schoechlin in Zürich, in die neutrale Schweiz. Simone schickt sie weiter an unsere Eltern in Montauban, im

unbesetzten Frankreich. Die wiederum schicken die Briefe, die für uns in Wien bestimmt sind, an Simone Schoechlin in Zürich, Simone schickt sie an uns, und die Zensur liest mit.
Das Wissen, dass fremde Menschen an unserem Leben teilhaben, wird sich wie Raureif über den Briefwechsel senken.

~

Onkel Theo hat die Causa offenbar aus der Ferne verfolgt. Er taucht in Egons Büro auf und verlangt Provision.
„Von Rechts wegen zwanzig Prozent, aber weil's die Kinder sind, zehn."
Er bekommt keinen Pfennig.
„Außerdem habe ich den Strafakt ausheben lassen", erzählt Egon Samstagabend nach dem Lateinunterricht. „Wollt ihr wissen, was euer sauberer Herr Onkel alles angestellt hat?"
Wir wollen es nicht wissen.

~

Frau Schreiber, die Mutter der unseligen Rautelindis, hat mich in ihr Sommerhaus am Kreuzberg bei Reichenau eingeladen. Tante Jetti redet mir zu: „Die Gegend ist schön! Fahr hin! Auf die Art kommst du umsonst zu einer Sommerfrische!"

Jetzt bin ich also am Kreuzberg. Die Kirschen sind reif, die Wiesen duften, Rautelindis betet mich an. Ich kann es ihr nicht vergelten. Ich habe sie gekränkt. Ich habe mich geweigert, das Schlafzimmer mit ihr zu teilen. Die erste Nacht hat sie versucht, zu mir ins Bett zu kriechen.
Jetzt schlafe ich im Geräteschuppen. Er steht auf einer Wiese. Nachts scheint der Mond durch die Ritzen. Frühmorgens wecken mich die Vögel.
„Hast du keine Angst?", fragt Rautelindis.
„Nein. Ich hab' keine Angst."
Ich lüge nicht. Alle Angst, die ich empfinden könnte, ist in den Ängsten um unseren Vater gebündelt. Im letzten Brief aus Montauban via Simone stand: „Man hat uns in einen kleinen Ort im Département Tarn-et-Garonne verlegt. Er heißt Auvillar. Dorthin müssen wir übersiedeln und uns einmal pro Woche bei der Polizei melden."
Was hat das zu bedeuten?
In der Nacht des 26. August, ich weiß das Datum genau, bricht ein Gewitter los. Ich fürchte mich nicht vor Gewittern, im Gegenteil, ich mag sie, das Blitzen, das Donnern, das kosmische Getöse.
Diesmal aber packt mich Entsetzen, eine animalische Angst.
Jahre später erfahren wir: In dieser Nacht werden unsere Eltern in Auvillar verhaftet, auf Befehl der Vichy-Regierung, und nach Drancy gebracht. Dort gibt es ein Sammellager. Von dort deportiert man sie am 8. September 1942, mit Transport Nr. 30, nach Auschwitz.

~

Frau Schreiber ist hoffnungsvoll. Rautelindis hat einen Platz in der Spezialklinik „Am Spiegelgrund" ergattert. Rautelindis will nicht weg. Sie klammert sich an ihre Mutter.

„Lindi, sei kein Dummerl! Die machen dich gesund!"

Sie herzt ihre Tochter, flicht das glanzlose Haar zu zwei armseligen Zöpfen und wendet sich zu mir: „Die behandeln die Kinder nach den neuesten Methoden!"

~

Tante Jetti schreibt im Winter 1943:

Lieber Pepi!

Die Luftangriffe werden immer schlimmer, es gibt jedes Mal mehr Tote, das letzte Mal hat's die Frau Raab und ihren Mann erwischt. Du wirst Dich nicht an sie erinnern, sie war die Frau fürs Grobe seinerzeit bei den Hollitschers, eine sehr anständige Person, die Bombe ist durch den Liftschacht direkt in den Keller gefallen, es waren sofort alle tot. Könnten wir zu Dir nach Kärnten kommen? Du schreibst, Ihr habt eine Kuh, Hühner und ein paar Schweine, ihr habt also Milch und Eier und Speck und Gemüse, denn wie ich die Nannerl kenne, pflegt sie ihren Gemüsegarten, und Deine Mama bäckt sicher noch ihr wunderbares Brot mit Koriander, richtig? Wir würden Euch nicht zur Last fallen, im Gegenteil, wir wären eine Hilfe! Die Kinder packen überall mit an, besonders die Kleine. Wir umarmen Dich.

Deine Jetti

Die Antwort kommt postwendend:

Liebe Jetti!

Danke für Deinen Brief. Die Lage in Wien muss in der Tat sehr bedrohlich sein. So gern ich Euch drei hier hätte – es ist leider ausgeschlossen. Kuh, Hühner, Schweine und Garten reichen knapp für unseren Tagesbedarf, Mama und Nannerl lassen Euch übrigens sehr schön grüßen. Wir haben auch zu wenig Brennholz, außer das bisschen für den Herd, und wovon wollt Ihr leben, wenn die Große ihre Arbeit verliert? Und die Kleine, soviel ich weiß, hat noch ein Jahr an der Handelsschule! Soll sie die Ausbildung abbrechen und ihre berufliche Zukunft gefährden? Mir blutet das Herz, dass ich Euch nichts anderes schreiben kann, aber Mama wird dreiundachtzig, ich muss ihr jede weitere Belastung ersparen! Bitte, gebt acht auf Euch, geht zuverlässig in den Keller, wenn die Sirenen heulen; dass eine Bombe durch den Liftschacht direkt in den Keller fällt, ist schließlich ein Sonderfall, der sicher nicht allzu oft vorkommt, und lasst jedes Mal von Euch hören, sodass ich sicher sein kann, Euch ist nichts zugestoßen! Ich umarme Euch.

Dein Pepi

PS: Mit gleicher Post schicke ich ein Packerl Speck an Euch ab und einen halben Laib von Mamas gutem Brot. Du hast recht. Das Gewürz ist Koriander.
PPS: Das Brot über Nacht immer in die Brotdose tun! Andernfalls wird es steinhart!

Tante Jetti liest uns den Brief vor. Dann steckt sie ihn in den Ofen.

~

Sehr gut. Sehr gut. Sehr gut. Sehr gut. Sehr gut. Deutsch. Englisch. Warenkunde. Maschineschreiben. Kurzschrift. Ein einziges „Gut“ verunziert das schöne Abschlusszeugnis der privaten Handelsschule: Buchhaltung. Rechnen ist nicht meine Sache. Für die Schönheit einer Bilanz – rechts und links das gleiche Ergebnis! – fehlt mir jegliches Gefühl.
Trotzdem. Ich darf mich freuen. Aber ich freue mich nicht. Im Gegenteil: Ich bin verzweifelt. Ich muss zum Arbeitsdienst! Ich bin sechzehn, und o. B. – ohne Beschäftigung.
Wäre ich Angestellte eines kriegswichtigen Betriebs, würde man mich zurückstellen. So aber habe ich mich

Montagfrüh am Nordbahnhof einzufinden, Gleis 3, Abfahrt 7.15 nach Frankfurt. Dort werden wir erfahren, wohin es weitergeht.
Wiener Mädchen, das ist bekannt, werden gern „ins Reich“ verschickt, nach Mecklenburg-Vorpommern etwa, wo sie als „Arbeitsmaiden“, Heugabel über der Schulter, in Reih und Glied marschieren und das schöne Lied singen dürfen:

„Märkische Heide! Märkischer Sand!
Sind des Märkers Freude!
Sind sein Heimatland!
Steige hoch, du roter Adler!
Hoch über Sumpf und Sand! Sumpf und Sand!
Hoch über dunkle Kiefernwälder!
Heil dir, mein Brandenburger Land!“

Ich habe diesen Text nie auswendig gelernt. Vermutlich kann ich ihn aus Abscheu, von häufigem Hören und Sehen in der Deutschen Wochenschau.
Ich fühle mich wie Manon Lescaut vor Abtransport der Huren. Weit und breit kein Des Grieux. Meine Schwester verspricht: „Keine Angst! Ich werde es verhindern!“
Sie ist Sekretärin bei den „Landeslieferungsgenossenschaften Ostmärkischer Handwerksbetriebe“, kurz „LAGOS“ genannt, in Wien, in der Herrengasse.
Tante Jetti sagt: „Red’ keinen Unsinn! Wie willst du es verhindern? Fräulein Winiewicz, allein, gegen den Arbeitsdienst?“

„Abwarten!“, sagt meine Schwester. Sie hat etwas vor. Ich spüre es. Etwas Tollkühnes. Aber was?
Tante Jetti trägt meinen Abschied mit beleidigendem Gleichmut.
Vielleicht ist sie sogar froh. Ein Esser weniger!
Beim Arbeitsdienst, immerhin, wird's genug zu essen geben. Die Maiden brauchen Kraft! Tante Jetti kocht ausgezeichnet, aber immer zu wenig, zu wenig! Ihre „Kalbsvögerl“ mögen pikant sein, viel lieber hätten wir zwei Teller Erdäpfelgulasch.
Ich packe meinen Koffer. Diesmal hilft keine Frau Raab. Der Arbeitsdienst schreibt vor, was die Maid mitbringen muss: drei Garnituren Unterwäsche, sechs Regel-Einlagen, kochfest, zwei Nachthemden, einen Schlafrock, Strumpfbandgürtel, drei Paar Strümpfe, zwei Paar weiße Söckchen, einen Pullover, Regenschutz, feste Schuhe, einen Mantel, Zahnbürste, Haarbürste, Kamm, Nagelschere, Schuhputzzeug, Nähzeug. Arbeitskleidung wird beigestellt.
Ein Jahr Exil! Ohne Oper! Wie soll ich das überleben?

~

Der Koffer ist gepackt. Montagfrüh ist es so weit. Ich denke an Madame Dubarry. Sie musste auf die Guillotine. Jetzt weiß ich, wie sie sich gefühlt hat. Wenigstens hat sie vorher keinen Koffer packen müssen.
Freitagabend.

Meine Schwester kommt aus dem Büro. Sie macht ein Gesicht wie Graupi, wenn er heimlich Obers geschleckt hat, holt ein Papier hervor, entfaltet es, legt es mir hin. Ich lese: „Landeslieferungsgenossenschaften Ostmärkischer Handwerksbetriebe. Anstellungsvertrag."
Er lautet auf meinen Namen! Ab kommenden Montag!
„Wie bitte??"
Sie sagt: „Ich hab' gekündigt. Und den Seidl so weit gebracht, dass er dich an meiner statt einstellt."
„Er kennt mich doch gar nicht!"
„Ich hab' ihm dein Abschlusszeugnis gezeigt. Er war sehr beeindruckt." Sie lacht.
„Und der Zweier in Buchhaltung?"
„Wurscht. Die Buchhaltung macht die Frau Mehlmann."
„Ab Montag!!"
„Jawohl. Ab Montag!"
Ich komme mir vor wie Tamino am Anfang der „Zauberflöte", wenn ihn die drei Damen retten.
Die Schlange „Arbeitsdienst" liegt tot zu meinen Füßen!
Tante Jetti ist nicht erbaut. „Jetzt bist DU arbeitslos!", sagt sie zu meiner Schwester. „Wenn du nicht sofort was findest, musst DU zum Arbeitsdienst! Hast du das bedacht?"
„Natürlich."
„Du bist nur beurlaubt!"
„Ich weiß. Zerbrich dir nicht meinen Kopf."
Tante Jetti ist beleidigt. Sie greift nach der Einkaufstasche, immer noch Linas alte, setzt ihren Hut auf und geht. Um die Zeit sind die Läden geschlossen.

Mich reißt es hin und her, zwischen Erleichterung, Dank, Sorge um meine Schwester und dem nagenden Verdacht, ich wäre an ihrer Stelle nicht so hochherzig gewesen. Sie spürt, was ich denke.
„Ich find' schon was. Keine Sorge. Und jetzt pack' den Koffer aus!"

~

Die Zustände im Büro der Landeslieferungsgenossenschaften Ostmärkischer Handwerksbetriebe, von meiner Schwester oft beschrieben, übertreffen dennoch meine skurrilsten Erwartungen. Als würden in der Herrengasse Tragödie und Komödie gleichzeitig aufgeführt.
Der Chef, Dr. Seidl, groß, schlaksig, mit fettigem, mitessergesprenkeltem Gesicht und waagrecht abstehenden Ohren, ist für „Uk-Stellung" zuständig, die heiß begehrte Unabkömmlichkeitsbescheinigung im Dienst der Kriegswirtschaft. Wer sie ergattert, muss nicht an die Front, und ob man sie bekommt oder nicht, liegt in Dr. Seidls Ermessen.
Er hat einen Schuhkarton, darin ein paar Hundert Karteikarten, auf jeder Karte ein Name, jeder Name ein lebendiger Mensch. Wenn nun das Wehrmeldeamt nach einem Opfer verlangt, greift Seidl in seine Schachtel wie Gottvater in den Lehm, wählt mit Bedacht eine Karte – wir wissen, er ist bestechlich – und ich oder eine Kollegin muss die Karte sofort zum Wehrmeldeamt bringen. Letzteres ist in Hietzing, in einer idyl-

lischen Straße. Wir fahren gern hinaus. Die Offiziere freuen sich über weiblichen Besuch und kochen für uns Kaffee, echten Bohnenkaffee aus Frankreich. Dienstwege sind begehrt.

Sollte es während des Dienstwegs zu einem Luftangriff kommen, darf man aus dem Keller direkt nach Hause gehen!

Die Kolleginnen sind nett: Frau Mehlmann, die Buchhalterin, eine füllige Dame Anfang vierzig, in ein Korsett gezwängt, Gattin eines Polizisten, der häufig „auf Schulung" fährt, nach Leipzig oder Berlin. Dann fühlt sie sich verlassen. Frau Mehlmann hasst den Krieg wegen akuten Männermangels.

Elfriede, Anfang zwanzig, blassblond und beinahe hübsch, nennt sich „Fritti" und leidet unter Schuhgröße 41. Deshalb trägt sie sommers wie winters wallende, lange Gewänder in der Hoffnung, man würde von ihren Schuhen allenfalls die Spitze sehen. Dass die Größe ihrer Füße niemanden interessiert, will nicht in ihren Kopf.

Und Margarete Lopass. Eigentlich heißt sie „Lopać", aber sie verehrt den Führer und „Lopass" klingt nun einmal deutscher. Ihre Leidenschaft ist: Karten legen. Sie prophezeit die Zukunft („Deutschland wird die Welt beherrschen!") und gibt bereitwillig Auskunft über die Befindlichkeit abwesender Personen.

Einmal bitte ich sie, mir zu sagen, wie es meinen Eltern geht.

Sie legt die Karten aus, schiebt ein paar hin und her und sagt: „Es geht ihnen gut."

Frau Mehlmann, Fritti und Frau Lopass haben einen eisernen Grundsatz: Alles während der Dienstzeit! Kochen, Wäschewaschen, Haareschneiden, Maniküre, Pediküre, Näharbeiten – alles wird im Büro erledigt. Zu diesem Zweck haben sie geniale Maßnahmen getroffen. Der Vorraum des Damenklos ist zur Küche umfunktioniert, hinter dem Aktenschrank spannen sich Wäschestricke, sind die Türen offen, ergibt das zwei Meter Leine, unter Frau Mehlmanns Schreibtisch verbirgt sich ein Fußbadtrog mit allerlei Cremes und Ölen, unter der Fernschreiberhülle steckt eine Nähmaschine, und wer auf Dienstweg geht, kauft für alle ein. Dem Chef kann dieses Treiben keinesfalls entgangen sein. Er macht sich nichts wissen. Er braucht unsere Diskretion so nötig wie wir die seine.

Kerngesund, wie er ist, versetzt ihn sein Schwiegervater, ein alter Medizinalrat, vor jeder Musterung in einen kalkulierten Zustand dramatischer Untauglichkeit. Sein Puls rast, sein Blutdruck steigt, sein Herz hämmert, Schweiß bricht aus seinen Poren. Kaum ist die Kommission fort, ist Seidl kreuzfidel.

Wir hätten die beiden Herren vors Kriegsgericht bringen können. Wir haben es nicht getan. „Alles während der Dienstzeit“ ist nicht unser einziger Wahlspruch. Ein anderer lautet: „Leben und leben lassen.“

~

Ein Keller, irgendwo in Meidling. Ich sitze zwischen zwei alten Männern. Der eine riecht nach Fusel, der andere nach Mottenpulver.

Der Fliegeralarm hat mich auf dem Dienstweg zum Wehrmeldeamt erwischt.

Plötzlich ein Rasseln, ein Klappern, als würden unweit von hier Rollbalken heruntergelassen. Ich weiß längst, wie es klingt, wenn eine Sprengbombe fällt. Brandbomben klingen anders.

Der Fuselmann dreht sich zu mir und sagt: „Scheiß-Amerikaner!"

Ich antworte nicht, stehe auf, suche mir einen anderen Platz. Neben dem Menschen will ich nicht sterben. Aber noch wird nicht gestorben. Entwarnung! Ich steige ans Licht.

Gegenüber an einer Hauswand, auf dem Gehsteig hockt ein Soldat. Nicht in Feldgrau. In etwas Bräunlichem. Was für eine Uniform?

Plötzlich kommt es mir, und es ist, als ströme mein ganzes Blut zu meinem Herzen.

Ein Amerikaner! Ein Flieger! In einem nahen Baum bauscht sich etwas Weißes. Der Fallschirm!

Rund um den Mann, im Halbkreis, Wiener und Wienerinnen. Sie starren ihn an. Totenstille.

Mich faszinieren seine Schuhe. Schnürstiefel aus braunem Leder. Wo er die wohl zugeschnürt hat, heute in aller Früh.

Ich denke an seine Mutter, drüben in Amerika. Wie kommt ihr Sohn dazu, über Wien vom Himmel zu fallen? Hat er sich freiwillig gemeldet? Wurde er einberufen?

Er hat die Augen geschlossen. Er sieht sehr müde aus.
„Du kämpfst für mich!“, würde ich gern sagen. „Thank you!“
Er schlägt die Augen auf. Ich lächle ihm zu. Er stutzt.
Ich lächle weiter, lächle, und wenn es das Leben kostet.
Er lächelt zurück. Bisschen schief.
Wiener und Wienerinnen drehen sich argwöhnisch um. Wieso lächelt der Feind? Was ist los?
Ich trete den Rückzug an. Langsam. Bedächtig. Nicht laufen! Würde ich laufen, käme die Meute prompt hinter mir her.
Vielleicht erzählt heute in den Staaten ein Großvater seinen Enkeln vom Zweiten Weltkrieg in Europa: „As I was shot down over Vienna, a young girl smiled at me!“
Und die Enkel nicken nachsichtig und fingern an ihren Tablets. Sie haben die Geschichte mindestens zehnmal gehört.

~

Meine Schwester hat tatsächlich eine Stelle ergattert, in der Wiener Redaktion einer deutschen Wehrmachtszeitung mit französischer Beilage, die in Frankreich und Belgien erscheint.
Einer ihrer Kollegen ist ein französischer Grafiker namens Daniel Moulin, dreiunddreißig Jahre alt. Er ist freiwillig nach Deutschland gekommen, in der Absicht, Trickfilmzeichnen zu lernen.
Wir freunden uns an.

Den Anstoß gibt die französische Sprache.
Wir haben sie in Madame Pepiots Sprachkurs auf der Mariahilfer Straße mühselig erlernt und bisher, außer im Gespräch mit Madame, nie praktisch angewendet.
Dass dieser waschechte Pariser tatsächlich versteht, was wir sagen – und dass wir verstehen, was er sagt! –, ist eine Erfahrung von exquisiter Köstlichkeit.
Wir sitzen stundenlang im Stadtpark und reden. Später, als es kalt wird, zu Hause in unserer winzigen Küche.
Tante Jetti, deren Französischkenntnisse sich auf „Sur le pont d'Avignon" beschränken, sitzt daneben, legt Patience und nickt hin und wieder, als verstünde sie, worum es geht.
Daniel hat einen Kumpel, Christian, der nicht freiwillig gekommen ist, sondern zwangsweise dienstverpflichtet, Arbeitsplatz Waagner-Biro in Simmering.
Christian schimpft über den Adolf, jemand hört zu, denunziert ihn, die Gestapo nimmt ihn fest.
Im Zug nach Mauthausen springt Christian aus dem Klofenster, damals lassen sich Zugfenster öffnen, versteckt sich tagsüber, marschiert nachts und taucht drei Tage später bei seinem Freund Daniel auf, in dessen Untermietzimmer.
Daniel kommt zu uns, um Rat.
Wohin mit Christian?
Es geht um genau zehn Tage. Einmal im Monat kommt ein Lastauto aus Paris mit Lebensmitteln und Geschenken für die französischen Kriegsgefangenen. Es hat einen doppelten Boden und holt Flüchtlinge heim, vorausgesetzt, sie sind schlank. Daniel kennt den

Organisator und ist überzeugt, Christian auf die Art wegschaffen zu können.
Aber bis dahin?
Wir hätten ihn sofort beherbergt.
„Nur über meine Leiche", sagt Tante Jetti.
Wir verhandeln: „Es ist doch nur für eine Woche!" Aber sie bleibt dabei. „Wisst ihr, wie gefährlich das ist? Wenn man ihn bei uns erwischt, landen wir im KZ! Ich bin für euch verantwortlich! Wie soll ich eurem Vater gegenübertreten, wenn er zurückkommt?"
Wenn er zurückkommt …
Wir ahnen längst, dass unser Vater niemals zurückkommen wird. Aber wir würden lieber sterben, als es uns einzugestehen. Wir wenden uns an Mizzi und Schurl.
„Könnte man Christian in der Hütte an der Alten Donau verstecken?"
„Klar!", sagt Schurl. „Nein", sagt Mizzi. „Die Hüttn neben unserer g'hört einem Blutordensträger. Der spechtelt zu uns herüber. Viel zu riskant, für uns alle. Tut mir leid. Schurl, sei still! Wollts ihr einen Tee?"
„Nein danke."
Wir überlegen, überlegen. Frau Mehlmann fällt uns ein. Ihr Mann ist wieder auf Schulung. Christian ist jung und fesch. Wir zeigen Frau Mehlmann sein Foto. Sie betrachtet es lange und nickt.
Wir treffen Christian, mit Daniel, im Dunkel der Stephanskirche. Das Foto untertreibt. Der junge Mann ist groß, breitschultrig, sportlich, blond, blauäugig, kurz: das Bild eines deutschen Herrenmenschen. Verräte-

risch ist nur sein Aufzug: Er trägt eine „Canadienne“, eine Lammfelllederjacke, Standardausrüstung junger Männer des französischen Mittelstands.
Wir begleiten ihn zum Franz-Josefs-Bahnhof, setzen ihn in den Zug nach Groß-Schweinbarth, dort wohnen die Mehlmanns im eigenen Reihenhaus, geben ihm einen Lageplan mit. Die Türe wird offen sein.
Zehn Tage lang strahlt Frau Mehlmann. Dann weicht ihre Stimmung wieder der üblichen Melancholie.
Als ihr Mann von der Schulung heimkommt, vermisst er Kleidungsstücke.
„Schatzi“, sagt seine Frau, „die hat jetzt die Winterhilfe. Waren sowieso schon schäbig.“
Zu mir sagt sie, im Büro: „Die Canadienne hab’ ich verbrannt.“

~

Charly Stummer, Rudolfs jüngerer Bruder, der Sänger werden wollte, liegt in seinem U-Boot irgendwo auf dem Meeresgrund. Ich will mir nicht vorstellen, wie die Männer gestorben sind. Hoffentlich starben sie schnell.
Bruno, der Rossini-Fan, ist in Afrika gefallen. Ihn deckt der Wüstensand.
Friedl und ihre Mutter sind lebendigen Leibs verbrannt, in der Vereinsgasse in Wien, bei einem Bombenangriff. Dergleichen geschieht Tag für Tag, und was das Schlimmste ist: Man gewöhnt sich daran, stumpft

ab, geht seiner Arbeit nach und hält das Entsetzen in Schach. Sonst würde man wahnsinnig werden, wie Fräulein Anny, sich nicht mehr waschen und stinken.

~

„Wien wurde zum Kampfgebiet erklärt. Frauen und Kindern wird empfohlen, die Stadt zu verlassen."

Die Plakate hängen überall.

Die Stadt verlassen? Wie?

Es fahren fast keine Züge. Die wenigen werden gestürmt. Die Menschen sitzen auf den Dächern, stehen auf Trittbrettern, steigen durchs Zugfenster ein.

Onkel Pepi schickt nicht einmal jetzt eine Einladung, nach Kärnten zu kommen.

Die Mieter unseres Hauses werden in den Keller befohlen: Lagebesprechung mit Herrn Breznik, dem Blockwart. Er hat eine Namensliste und ruft uns auf, wie in der Schule.

„Herr Gau-Inspekteur Dr. Rothe?"

Keine Antwort.

Herr Rothe, Träger des Goldenen Parteiabzeichens, ist weg, mit Weib und Kind und Kindermädchen Galina, einer zwangsverpflichteten Russin.

Irrtum. Galina ist da, guter Laune. Sie lacht sogar. Das erste Mal, dass wir sie lachen sehen.

Der Blockwart fragt, ob sich in diesem Haus „wehrhafte Männer" befinden. Nein. Keine wehrhaften Männer. Nur ein paar alte Frauen, das Ehepaar Schmutzer,

bejahrt, Herr Mandelstam, ein Jude mit gelbem Stern, der kein Recht hat, in den Luftschutzkeller zu kommen und sich wohlweislich auch jetzt nicht zeigt, Frau Marbach, die Inhaberin des Kindermodegeschäfts an der Ecke, mit Burli, ihrem schwarzen Mops, und ein alter Mann, angeblich ein geflohener russischer Großfürst.
„Sie sprechen Russisch“, sagt Herr Breznik. „Ich zähle darauf, dass Sie, falls die Russen kommen sollten, was sehr unwahrscheinlich ist, der Führer hat, wie wir wissen, eine geheime Wunderwaffe, aber im Fall der Fälle zähle ich darauf, dass Sie dolmetschen und Ihren Nachbarn in jeder Weise beistehen!“
Der Großfürst sagt: „Wenn Rrrussen kommen, ich rrreden kein Wort Rrrussisch! Sonst sie mich brrringen um!“

~

Die Ostmärkischen Landeslieferungsgenossenschaften stellen den Betrieb ein. Es gibt nichts mehr zu liefern.
Obwohl die Büroräume leer sind, kocht die Kantine weiter. Man kann sein Essen zu Mittag im Reindl abholen kommen.
Achtung! Lebensgefahr!
Die Russen rücken immer näher. Mit Granatsplittern ist zu rechnen. Es wird empfohlen, sich dicht an den Hauswänden fortzubewegen.
„Ach was“, sagt meine Schwester, „komm, gehen wir Essen holen! Hunger führt auch zum Tod!“

~

Richard Fuchs, Onkel Ottos Bruder, bewohnt mit seiner Frau Marta und den Zwillingen Ida und Stella ein schönes behäbiges Haus im ungarischen Debrecen.
Seit Monaten ist Onkel Albert bei ihnen zu Besuch.
Eines Nachts hält, mit quietschenden Bremsen, ein Militärlastwagen. Drei junge Männer steigen aus, in schwarzer Uniform, mit Armbinden, darauf ein Pfeilkreuz. Sie läuten Sturm, klopfen, brüllen, stoßen mit dem Gewehrkolben ans Haustor.
Eine verschreckte Magd öffnet. Die Männer stürmen ins Haus. Richard, Marta, Albert, Ida und Stella werden aus ihren Betten gerissen, dürfen sich notdürftig anziehen, werden aus dem Haus getrieben, müssen auf die Ladefläche. Das Auto fährt weg. Die fünf werden nie wieder gesehen.

~

Antonias Eltern beschließen, dem Aufruf Folge zu leisten und mit ihren beiden Kindern das Kampfgebiet Wien zu verlassen. Sie haben eine Tante in Retz, die freut sich, wenn sie kommen.
Am 20. März 1945, um sechs Uhr Früh erobert die Familie am Floridsdorfer Bahnhof drei Plätze im Zug nach Retz. Es ist der letzte Zug, der diesen Bahnhof

verlässt. Die Abteile quellen über. Der Vater steht auf dem Gang, eingeklemmt zwischen Leidensgenossen, die Mutter sitzt beim Fenster, Antonia neben ihr, gegenüber Bruder Gerhard, zehn Jahre alt.
Plötzlich ein Knattern, Dröhnen, Tiefflieger greifen an. Tonis Mutter fällt vornüber, ins Herz geschossen, tot.
„Ich habe nichts empfunden", erzählt Antonia später. „Ich habe erst nach Jahren um meine Mutter geweint."
Der Zug hält abrupt, der Lokführer liegt in seinem Blut. Leute springen aus dem Zug, suchen Schutz unter den Waggons, bezahlen den Versuch mit dem Leben. Die Tiefflieger drehen ab.
Antonia, Gerhard und der Vater sitzen auf einer Wiese. Menschen schluchzen. Verwundete stöhnen. Zwei Kleinkinder spielen Fangen.
Eine Ewigkeit geschieht nichts.
Dann kommen Autobusse und Krankenwagen. Verletzte werden notversorgt und in Krankenhäuser gebracht, Überlebende zurück nach Wien.
In einem nahen Dorf wird ein Massengrab ausgehoben. Da legt man die Toten hinein.
Da liegen sie noch heute.

~

In dem Haus Ecke Rotgasse/Fleischmarkt ist ein Soldatenheim. Männer auf Urlaub, ohne Bleibe werden hier untergebracht.

Jetzt ist das Heim geschlossen. Die Russen stehen vor Wien, alle Urlaube sind gestrichen, jeder, der halbwegs gehen und ein Gewehr halten kann, wird an die Front geschickt.
Wie ein Lauffeuer spricht sich's herum: Im Keller des Soldatenheims lagern Lebensmittel!
Die Nachbarn strömen herbei, drängen die Treppe hinunter. Alle wollen überleben. Wir auch.
Finsternis. Kerzen flackern. Feuerzeuge blitzen auf. In einer Ecke, ganz hinten, lagert Munition.
Frühinformierte, bepackt mit Lebensmitteln, kommen uns entgegen, verursachen einen Stau. Eine Frau trägt zwei Laibe Brot.
„Wo liegt das Brot?", fragt meine Schwester, quer über die wogende Menge. „Links hinten!", antwortet die Frau.
„Danke!"
„Bitte!"
Wir steuern die Richtung an, kommen zu einer Blechdosenpyramide.
„Was ist da drin?", fragt meine Schwester einen Mann mit Feuerzeug. Er nimmt eine Dose, liest: „Rindfleisch" und steckt vier Dosen ein. Seine Taschen wölben sich. Wir haben vorsorglich Linas Einkaufstasche dabei, füllen sie mit zehn Dosen, kämpfen uns bis zum Brot durch, klemmen je zwei Laibe unter den Arm und treten den Rückzug an.
Wir sind glasklar im Kopf, werden nicht von Gier übermannt, manche Leute beladen sich so, dass sie die Hälfte verlieren, andere schleppen sinnloses Zeug, eine Frau zerrt ein Konvolut Klopapier hinter sich her,

meine Schwester lacht: „Was will sie abwischen, wenn sie nichts zu fressen hat?“
Wir haben keine Angst.
Wir sind jung.
Wir sind unsterblich.

~

Der Stephansdom steht in Flammen.
Wir wagen uns kurz vors Haus. Ein Wehrmachtssoldat rennt vorbei, in der Hand eine Handgranate. Jetzt bleibt er stehen und holt aus. Das Bild hat sich eingebrannt, die typische Gebärde, Dutzende Male gesehen in der Deutschen Wochenschau. Noch heute, wenn ich die Rotenturmstraße entlanggehe, weiß ich, wo der Mann stand.
Wir wollen ins Haus zurück, da sehen wir eine ältliche Frau, eine Hand weit von sich gestreckt, die unsicher ihres Weges geht.
Wohin, um Gottes willen?
Wir laufen zu ihr, packen sie, zerren sie in unseren Hausflur. Sie wehrt sich. Wir schließen das Haustor. Sie sagt: „Ich muss aufs Arbeitsamt. Die haben mich vorgeladen, um elf.“ Sie zeigt die Karte. „Es ist drei viertel. Lassts mich! Ich komm’ zu spät.“
„Was ist mit Ihrer Hand?“
„Meiner Hand?“
Ich bin versucht zu sagen: „Das Ding mit den fünf Fingern, am Ende Ihres Arms.“

Sie schaut mich an, wässerigen Blicks. Rautelindis fällt mir ein.
„Es gibt kein Arbeitsamt mehr", sagt meine Schwester, nimmt ihr die Karte weg und zerreißt sie. „Die Russen kommen."
„Die Russen?"
Die Frau blickt verwundert, als hätte sie das Wort nie gehört. Meine Schwester nimmt ihre Hand – sie lässt es geschehen –, begutachtet sie und sagt: „Das ist eine Schusswunde, glaube ich. Tut's weh?"
„Weh?", wiederholt die Frau.
Wir führen sie in den Keller. Sie widerstrebt. Sie hat Angst, das Arbeitsamt wird sie bestrafen.
„Die kennen keinen Pardon! Und jetzt ist die Karte weg! Sie haben sie mir gestohlen!"
Wir holen Daniel. Er sagt: „Elle a une balle dans la main." (Sie hat eine Kugel im Handrücken.)
Was machen wir mit der Frau?
Sie erspart uns Scherereien. Irgendwann ist sie weg. Vermutlich liegen ihre Reste in einem Massengrab.
Ihr Erscheinen hat trotzdem Folgen. Herr Schmutzer verlangt, das Haustor muss ab sofort zugesperrt werden. „Wer weiß, wer noch aller daherkommt!"
Wir sagen: „Die Russen kommen. Und wenn das Haustor versperrt ist, schlagen sie's ganz einfach ein."
„Und bis dahin?" Herr Schmutzer drückt seinen Lodenhut tiefer in die Stirn. Er trägt ihn unentwegt, auch im Keller. Der Hut ist über und über mit Wanderplaketten bestückt. „Die Marodeure! Gesindel! Während wir im Keller sitzen, räumen sie die Wohnungen aus!"

„Jawohl!“, sagt seine Frau.
Daniel sagt: „La porte reste ouverte.“ (Das Haustor bleibt offen.)
Schluss.

~

Einer der Kellerräume hat einen Ausstieg ins Freie – das ist Vorschrift – in etwa sechs Metern Höhe. Eine sieben Meter lange Leiter liegt auf dem Boden, längs der Wand.
Daniel schaut auf die Uhr. „On y va!“, sagt er. (Los!), nimmt die Leiter, stellt sie auf, lehnt sie an den Ausstieg. „Allez-y!“ (Vorwärts!) Wir klettern hoch, öffnen die Planke, schlüpfen in das Loch, das sich zeigt, schließen die Brettertüre, die jetzt, innen, einen Griff hat.
„Vingt secondes!“ (Zwanzig Sekunden!), ruft Daniel von unten. „Cinq secondes de trop!“ (Fünf Sekunden zu viel!) Wenn die Russen in den Keller kommen, er hat es nachgeprüft, brauchen sie fünfzehn Sekunden. Das Ganze noch einmal!
Es war Daniels Idee, den Ausstieg zu einem Unterschlupf umzubauen, von innen verschließbar zu machen. Ist die Leiter weggeräumt, schaut kein Mensch hinauf.
Wir sagen, wir haben keine Angst. Die Russen sind unsere Befreier.
Daniel sagt: „Vous êtes ridicules. (Ihr seid lächerlich.) Les Russes sont, d’abord, des soldats. Des soldats

affamés de femmes. (Die Russen sind vor allem Soldaten, ausgehungert nach Frauen.) Vous êtes des femmes. (Ihr seid Frauen.)“
Frauen?
Wir sind keine Frauen!
Wir sind Kinder!
Nicht an Jahren. Aber wir sind Kinder, solange unser Vater nicht da ist.
Im Schatten des Hakenkreuzes kämpfen wir täglich darum, den Glauben an uns zu bewahren, die amtliche Unterstellung, wir seien Menschen zweiter Klasse, stets neu zurückzuweisen. Das führt an die Grenzen unserer Kraft.
Wahrnehmung des anderen Geschlechts, bedrohlich oder verlockend, hat daneben keine Chance. Pubertät findet nicht statt.

~

Wir wohnen längst im Keller.
Herr Mandelstam, unbehelligt, hat begonnen, den gelben Judenstern von seiner Jacke zu trennen. Er hält inne und sagt: „Wart’ ich noch bissl, wer weiß, wozu vielleicht gut ist.“
Er wendet sich an Herrn Schmutzer: „Oder wollen Sie, als Souvenir?“
Herr Schmutzer antwortet nicht. Plakettenhut auf dem Kopf, macht er täglich auf einer Matte zehn wackelige Kniebeugen. Beifall bleibt aus. Nicht einmal seine

Frau schenkt seinem Tun Beachtung. Sie hat den Gemeinschaftsherd erobert und kocht wie daheim. Düfte durchziehen den Keller, Hungrige werden provoziert, alles ist genau berechnet, nichts wird verschenkt, nichts bleibt übrig.
Die alten Frauen, klapprig, sitzen auf rechtwinkeligen Stühlen, stricken und schweigen. Danke!
Tante Jetti legt Patience. Sie kann Daniel nicht leiden, nennt ihn hartnäckig „Monsieur Moulin", findet, er hat keine Manieren. Er steht nicht auf, wenn sie hereinkommt, nimmt seinen Hut nicht ab, behandelt sie durchaus höflich, aber ohne Galanterie.
Er witterte ihre selbstgefällige Unweiblichkeit – „Ich bin die Frau ohne Spiegel. Aussehen ist nebensächlich, auf den Charakter kommt's an!" –, argwöhnte die Lüge ihrer Ehe und erahnte mehr über sie, als sie sich selbst eingestand. Das wiederum spürte sie und ging ihm aus dem Weg. Einmal machten wir einen Ausflug, meine Schwester, Daniel und ich.
Wir fuhren eines Sommerabends mit dem Zug nach Reichenau, wanderten durch den Wald hinauf zum Knappenhof, hörten die Nachtvögel schreien, die Bäume rauschen und ließen uns von Daniel den Sternenhimmel erklären. Er war in der Bretagne mit Fischern aufs Meer hinausgefahren, wusste Bescheid, zeigte uns den Großen und den Kleinen Wagen, half uns, den Polarstern zu finden, die Formation „Kassiopeia" (sieht aus wie ein großes „M" oder „W", je nachdem) und erzählte von einer Pazifikinsel, deren Ureinwohner, nachdem sie den Missionar aufgefres-

sen hatten, sich einigten, die Sterne seien Löcher in der schäbigen Himmelsdecke und durch diese Löcher blitze die Herrlichkeit des Paradieses.

Wir übernachteten im Heu.

Tante Jetti hatte gegen den Ausflug nichts einzuwenden gehabt.

Daniel war außer sich. „Elle est irresponsable. (Sie ist verantwortungslos.) Elle ne me connait pas. (Sie kennt mich nicht.) Elle ne peut pas savoir si vous pouvez me faire confiance. (Sie kann nicht wissen, ob ihr mir vertrauen könnt.)"

„Nein", sagten wir. „Aber wir wissen's."

„Und wenn sie Nein gesagt hätte?", fragte meine Schwester.

„On serait partis quand même. (Dann wären wir trotzdem gefahren.)"

~

Frau Marbach weint. Burli ist weg!

„Wahrscheinlich hat er sich erschrocken", mutmaßt sie und schnupft auf. „Das Schießen erschreckt ihn so!"

Nicht nur den Burli, Frau Marbach!

Ein Deserteur namens Horst, in Unterwäsche, die Uniform hat er verbrannt, sitzt da, in die Decke gehüllt, die wir ihm geliehen haben.

Der Großfürst hat sich verkrochen.

Herr Breznik, der Blockwart, sitzt in einer Ecke, stumm. Wo bleibt Führers Wunderwaffe?

Frau Marbach, kurzfristig beruhigt, hält ein Spiegelchen vors Gesicht und pudert ihre Nase, obwohl man im fahlen Licht der Notbeleuchtung nicht sieht, ob die Nase glänzt oder nicht.

„Und wenn sie glänzt“, sagt meine Schwester, „ist das wirklich jedem wurscht.“

Jetzt fliegt die Türe auf, ein Russe erscheint, ein Soldat, in der Linken eine brennende Fackel, in der Rechten ein Maschinengewehr.

Galina stößt einen Schrei aus, läuft hinauf, umarmt ihn, küsst ihn. Die beiden gehen hinaus.

„Haben Sie das gesehen!!“, sagt Herr Breznik. Und dann beginnt er zu weinen. Zum ersten Mal in meinem Leben sehe ich einen weinenden Mann.

Papa hat geraucht. Nicht geweint, als er Wien verlassen musste.

~

Wir kauern in unserem Versteck. Unten sitzen fünf Russen um unseren einzigen Tisch, saufen mitgebrachten Wodka und singen. Gar nicht schlecht! Am lautesten, und ziemlich falsch, singt der besoffene Großfürst.

Plötzlich russisches Gebrüll. Das Singen verstummt. Sessel scharren. Getrampel auf der Stiege. Ein Offizier, erfahren wir später, hat die Säufer hinaufbefohlen. Nach und nach wird es still. Wir warten. Sicher ist sicher. Daniel legt die Leiter an.

Wir öffnen die Verschalung, klettern hinaus und hinunter.
Der Großfürst ist verschwunden! Haben sie ihn verschleppt?
„Mais non! Ils sont grands copains! (Aber nein, sie sind beste Kumpel!) Il s'est couché. (Er ist schlafen gegangen.)"
Das werden wir jetzt auch tun.
Kaum liegen wir in unseren Stockbetten, als ein Russe herunterkommt, ein junger Soldat, etwa zwanzig, mit Blendlaterne und Gewehr. Er leuchtet in unsere Gesichter, bedeutet uns, aufzustehen.
Daniel schaut zu, auf dem Sprung. Wir sagen: „Bouge pas! (Rühr' dich nicht!)" Er soll nicht sein Leben riskieren. Wir stehen auf.
Der Soldat, das Gewehr waagrecht in der Hand, treibt uns durch den finsteren Keller. Die alten Frauen sitzen da, regungslos auf ihren Stühlen.
Plötzlich macht eine den Mund auf – einen Mund mit nur einem Zahn – und sagt: „Brauchts keine Angst haben, Kinder, wir sind eh alle da!"
In einer Ecke stehen drei Stühle. Der Soldat nimmt den mittleren, setzt sich, deutet mit dem Gewehr auf die beiden anderen. Wir müssen uns ebenfalls setzen, links und rechts neben ihn. Jetzt sitzen wir, alle drei. Nichts geschieht. Nebenan ist es still. Ich stehe auf. Der Soldat stampft mit dem Gewehr auf den Boden. Aha. Das mag er nicht. Ich setze mich wieder. Er deutet mit dem Gewehr auf sich und sagt: „Umiro Mehmed."
Was heißt das?

Meine Schwester: „Er hat sich vorgestellt!"
Sie zeigt auf sich: „Claudia!", dann auf mich: „Lida."
Umiro nickt.
Weiter Stille.
Plötzlich beginnt er zu singen. Nicht wirklich zu singen, zu schnarren, mongolisch, tatarisch, nasal, mit Halb- und Vierteltönen.
Wir hören zu. Volksmusik hat uns immer schon interessiert. So etwas wie von Umiro haben wir noch nie gehört. Plötzlich steht er auf und geht, mitsamt seinem Sturmgewehr.
Ich glaube, er hatte Heimweh.

~

Frau Schmutzer macht Buchteln im Luftschutzkeller, vor hungrigem Publikum.
Sie sucht die Zutaten zusammen, mixt, rührt, knetet, lässt den Teig „gehen", formt Küchelchen, höhlt sie aus, füllt sie mit Powidl, streicht sie mit Öl ein, fettet die Pfanne, schichtet die Buchteln hinein, schiebt die Pfanne ins vorgeheizte Backrohr und setzt sich davor wie ein Wachhund.
Es sind achtundvierzig Buchteln, alle haben mitgezählt. Acht Reihen zu je sechs Stück.
Die Schmutzers werden doch nicht alle achtundvierzig Buchteln fressen?
Das Backgut beginnt zu duften. Frau Schmutzer siebt Staubzucker in eine Schüssel, steckt eine schwarze

Vanilleschote dazu – woher hat sie Vanilleschoten? –, der Duft wird unwiderstehlich, durchzieht den gesamten Keller.
Frau Schmutzer schlüpft in ihre geblümten, wattierten Topflappenfäustlinge und holt die heiße Pfanne heraus.
In dem Moment kommt ein Russe die Kellerstiege herunter. Er ist groß, blondbärtig, freundlich, geht zu Frau Schmutzer, nimmt ihr mit bloßen Händen die heiße Pfanne weg, geht damit hinauf und verschwindet.
Aus Frau Schmutzers Augen spritzen Tränen, wie aus den Augen der Nixen der Hellbrunner Wasserspiele.
Die Zuschauer freuen sich.

~

Ich stehe am Gemeinschaftsherd und wärme das Rindfleisch auf. Es ist unsere letzte Dose.
Ein Russe kommt herunter. Es ist ein Offizier. Ich habe inzwischen gelernt, Uniformen zu erkennen, Dienstgrade zu unterscheiden.
Ein Jahr später werde ich wissen, wer die Elegantesten sind: die Amerikaner. Einfache Soldaten sehen aus wie russische Offiziere, riechen nach Seife und Tabak, Uniformhosen und -hemden haben messerscharfe Falten und die Männer sind frisch rasiert. Englische und französische Offiziere sind nicht so adrett wie G.I.s. G.I. steht übrigens für „Government Issue", „Regierungsausgabe", eine ernüchternde Bezeichnung für Vaterlandsverteidiger.

Der russische Soldat, ungepflegt, abgewetzt, schmutzig, konnte einem ehrlich leidtun.
„Guten Tag“, sagt der Offizier in tadellosem Deutsch, „dürfte ich mir bei Ihnen Besteck ausborgen?“
Und da ich lache: „Ist das komisch?“
„Ja“, sage ich. „Wirklich sehr komisch. Sie fragen doch sonst nicht so viel!“
Ich schiebe ihm den Besteckkasten hin. „Bitte sehr. Bedienen Sie sich.“
Tatsächlich ist noch etwas Silber aus Annies Mitgift dabei. Er sieht das und wählt mit Bedacht zwei Gabeln, zwei Messer, zwei Löffel, zwei Löffelchen, steckt alles ein und sagt: „Ich bringe es zurück, vielen Dank.“
Ich lache neuerlich.
Der Offizier hält Wort. Er bringt das Besteck zurück. Außerdem eine Handvoll geplünderter Seidentücher.

~

Etwas kollert die Treppe herunter, etwas Schwarzes in etwas Weißem.
Burli!
Der schwarze Mops steckt in einem weißen Batistwickelpolster mit Spitzen und rosa Bändern. Russische Soldaten haben sich einen Spaß gemacht. Sie haben Frau Marbachs Kindermodegeschäft verwüstet, den Mops entdeckt, er saß unter der Theke, und in den Polster gesteckt.
„Burli! Burli!“

Frau Marbach drückt ihn ans Herz und will ihn behutsam auswickeln, da kommen zwei Russen herunter, besoffen, lallend, grölend, bemächtigen sich ihres Spielzeugs und tragen es wieder hinauf.
Frau Marbach will ihnen nach. Die Schmutzers halten sie fest. Auch wenn meine Sympathie für Herrn und Frau Schmutzer gering ist – die beiden haben recht.
Oben fällt ein Schuss.
Daniel geht hinauf, sieht nach.
Burli liegt auf dem Pflaster, die Pfoten von sich gestreckt.
Der weiße Batist ist rot.

~

Die Russen haben beide Türflügel des Haustors ausgehängt und eine kleine Kanone in unseren Hausflur gestellt.
Die Schmutzers berichten es schaudernd. Sie wollten hinauf in die Wohnung, saubere Kleidung holen und sind beim Anblick der Kanone schleunigst in den Keller zurück.
Soviel ich weiß, haben die Russen aus diesem Geschütz nie gefeuert. Welchen Zweck die Veranstaltung hatte, ist mir nicht bekannt. Vielleicht wollten sie die Kanone irgendwo unterstellen. Dafür spricht, dass sie unseren Hausflur gleichzeitig als Müllplatz benutzten. Als sie abzogen, Wochen später, wateten wir durch kniehohen Dreck, dessen Bestandteile man

nicht identifizieren konnte. Das Zeug hatte sich zu einer widerwärtigen Masse verquickt, durchzogen, schlangengleich, von meterlangen gelben, dreckigen Wickelgamaschen.

~

Wien ist im Ausnahmezustand. Totale Anarchie. Zwischen dem Einmarsch der Russen und dem zögernden Funktionieren staatlicher Autorität liegt ein Machtvakuum.
Wir wagen uns auf die Straße, Daniel, meine Schwester und ich. Plünderer sind unterwegs, Fuhrwerke, mit flinken Pferdchen bespannt, werden von Soldatinnen gelenkt, in bloßen Händen die Zügel, neben sich das Maschinengewehr. Den Verkehr vor der Opernruine regelt auch eine Soldatin, mit Fähnchen.
Auf den Straßen verwesen Leichen. Hausfrauen schnipseln an einem toten Pferd. Wohnungen werden aufgebrochen, russische Soldaten, zehn Armbanduhren am Arm, besorgen sich eine elfte. Alte Rechnungen werden beglichen, Passanten werden verschleppt, Nazis springen aus dem Fenster, U-Boote tauchen auf.
Am Schwarzenbergplatz bauen Russen an einem Siegerdenkmal. Im Stadtpark werden Tote verscharrt. In einem Schuhgeschäft in der Kärntner Straße, unter leeren Schuhschachteln und Knäueln zerknüllten Seidenpapiers, liegt ein toter deutscher Soldat. Sein Gesicht ist enzianblau.

Das Telefon ist gestört, es gibt keinen Strom, kein Wasser. Vor dem Innenministerium warten befreite KZ-Häftlinge, grauen Gesichts, ausgemergelt, auf Ausspeisung und Hilfe. Sie sitzen auf dem Gehsteig. Drinnen amtieren, unter anderen, unsere Freunde Schurl und Mizzi, Mitglieder der provisorischen, russisch kontrollierten Stadtregierung.
Hinter dem Burgtheater, vor der Hals über Kopf verlassenen Parteizentrale der NSDAP, ragt etwas Seltsames auf, sieht aus wie ein Termitenhügel. Wir treten näher: ein Haufen entsorgter Parteiabzeichen.
Wüst aussehende Gestalten mit weißen oder roten Armbinden, auf denen Kyrillisches steht, sind unterwegs. Zum Fürchten. Trotzdem. Etwas liegt in der Luft. Aufbruchsstimmung. Hoffnung. Freude. Verbrüderung. Mord. Musik.
Ein blutiger Kirtag.

TEIL III

Die Dosen sind aufgebraucht. Der große Hunger beginnt. Bäcker Elias am Fleischmarkt sperrt auf und verkauft graues Brot. Die Warteschlange reicht bis zum Schwedenplatz.
Ein halber Laib, alle zwei Tage. Dazu ein Löffel Öl. Noch heute überfällt mich manchmal ein Gefühl der Unwirklichkeit angesichts einer Feinkosttheke, als wäre noch Hungerzeit und ich hätte Schlaraffenlandträume.
Wasser gibt es immer noch nicht. Wir waschen uns mit Wein, holen ihn kübelweise aus einer ausgebombten Kellerei im Heiligenkreuzerhof.
Endlich! Elektrischer Strom!
Tante Jetti macht Palatschinken auf dem Bügeleisen. Spitzbogenförmig lassen sie sich nicht füllen, aber wir haben sowieso keine Marmelade. Mehl, Milch und das kostbare Ei haben wir im Operncafé eingetauscht beim Herrn Leopold, dem Ober, gegen unser Fischbesteck, Silber, sechs Gabeln, sechs Messer, graviert. Außerdem gibt's Arturo Soso, aus Mestre, Ex-Kellner im Griechenbeisl. Das Lokal ist geschlossen, aber Arturo hat Lebensmittel auf die Seite gebracht und handelt mit allerlei.
Wir haben eine Abmachung: Ich wasche seine Hemden. Für jedes saubere Hemd bekomme ich eine Dose Sardinen. Eigentlich wäre Herrn Soso ein anderes Arrangement vorgeschwebt, aber ich sage: „No!"

Arturo gefällt mir nicht. Seine Hemden gefallen mir auch nicht. Sie sind verschwitzt und bekleckert. Der Ekel lässt sich beherrschen. Wanzenbekämpfung erweist sich als gute Abhärtungsmethode.
Der Winter ist da. Wir sind russisch. Die Alliierten lassen auf sich warten.
Es gibt kein Holz, keine Kohle, kein Gas, kein Glas für Fensterscheiben.
Den Hunger habe ich vergessen.
Die Kälte vergesse ich nie.

~

Toronto, 10. Mai 1946

Meine lieben, lieben Kinder!

Ich hoffe und bete, dass Ihr am Leben seid und Karl und Annie auch. Bitte schreibt mir sofort, wie's Euch geht. Wir sind übersiedelt. Die neue Adresse steht auf dem Kuvert. Ich hab' mich so lang nicht gemeldet, erstens war Krieg und zweitens hab' ich gehofft und gehofft, alles wird besser werden, aber es ist immer schlimmer geworden. Joe und ich sind geschieden. Wir hätten nie heiraten sollen. Es hat einfach nicht geklappt. Joe hat gedacht, jetzt bin ich Tag und Nacht für ihn da, stattdessen hab' ich mich verliebt, in einen Künstler, den Andy. Der Andy war Maler, ich mein', der Andy ist immer noch Maler, aber er ist sehr krank, schizophrenia, sagen die Ärzte, etwas wie

Verfolgungswahn. Er hat geglaubt, er wird bespitzelt, dass in unserer Wohnung versteckte Kameras sind und geheime Mikrofone, und dass ich ihn umbringen will. Zum Schluss ist er dagesessen, ein Küchenmesser in der Hand, mit dem hat er herumgespielt und mich dabei angeschaut, mit einem Blick – ich hab's mit der Angst bekommen und die Polizei geholt und die haben ihn mitgenommen. Jetzt ist er in der Psychiatrie und ich habe Angst, er kommt raus. Ich habe zwei kleine Töchter, eine vom Joe, eine vom Andy. Die erinnern mich an Euch. Wir singen die gleichen Lieder, die wir gesungen haben. Es war meine glücklichste Zeit. Ich küsse Euch tausendmal.

Judy

~

Ich bin allein im grauen, zerbombten, hungernden Wien. Meine Schwester hat sich nach Tirol durchgeschlagen, dort arbeitet sie als Dolmetscherin für General Béthouart.

Tante Jetti ist endlich in Kärnten. Pepis Mutter ist gestorben, da ist Jetti nachgerückt. Außerdem ist sie gekränkt. Sie hat sich für uns aufgeopfert und wir haben es ihr nicht gedankt.

Hätte sie es nicht übernommen, uns während des Kriegs zu behüten, wäre ihre Ehe, meint sie, nach wie vor intakt. So aber musste sie feststellen, Pepi hat eine

Freundin! Eine Friseurin in Villach! Jedes zweite Wochenende übernachtet er bei ihr! Und daran sind wir schuld!
Nein. Wir sind nicht undankbar. Wir sind empört! Wir wissen jetzt, Jetti war Teil des Familienkomplotts. Hansl, Onkel Willis Sohn, aus Kalifornien zurückgekehrt, hat uns die Wahrheit gesagt: „Es war nie daran gedacht, ein Visum für euch zu besorgen! Ihr wärt eine Last gewesen. Emigranten leben nicht zuletzt von öffentlicher Wohltätigkeit. In Wien wart ihr gut aufgehoben."
Die Eltern haben uns also ein zweites Mal belogen. Papa ein drittes Mal! „Ich werde euch niemals verlassen!"
Allerdings: Mit ihrer Lüge haben sie uns vielleicht das Leben gerettet.

~

Daniel ist zurück in Paris. Ich habe ihn zum Zug gebracht. Er steht am offenen Fenster. Ich stehe auf dem Bahnsteig. Er fragt: „Veux-tu m'épouser? (Willst du mich heiraten?)"
Der Zug setzt sich in Bewegung.
„Was??" Ich gehe daneben her.
„Ob du mich 'eiraten willst!"
Der Zug beschleunigt. Ich laufe. Ich sage: „Ja."
„Qu'est-ce que tu as dit? (Was hast du gesagt?)"
„Oui! Oui!"

~

Ein milder Vorfrühlingstag. Geschmolzener Schnee in Pfützen. Ich gehe durch die Kärntner Straße. Wien ist jetzt viergeteilt, in eine russische, englische, französische und amerikanische Zone. Im ersten Bezirk sind alle vier.

Ein Franzose spricht mich an, ein Offizier, etwa sechzig, scharfes Profil, graue, kurz geschorene Haare, mehrere Orden. Er sagt: „Ent-schul-di-gen Sie, wie ich kommen Peterskirche?"

Ich sage: „Tout droit." (Geradeaus.)

„Vous parlez français!"

„Mais oui."

Wir kommen ins Gespräch. Er stellt sich vor, Jean Guilleaume, Colonel, Fliegeroberst. Später wird er uns erzählen, er war der Chef Saint-Exupérys, der war „très quelconque" (durchschnittlich). Niemand hätte ihm den „Kleinen Prinzen" zugetraut.

Der Colonel möchte bei mir Deutschstunden nehmen. Pourquoi pas.

Er fragt: „Quand est-ce que cela vous irait? (Wann würde es Ihnen passen?) À quelle heure déjeunez-vous? (Um wie viel Uhr essen Sie zu Mittag?)"

Meine Erheiterung überrascht ihn. Ich erkläre: „Ich habe seit Monaten nicht mehr ‚zu Mittag gegessen'."

Der Oberst ist betroffen. Die Besatzer haben keine Ahnung, wie es der Bevölkerung geht!

Guilleaume wurde ein Freund. Deutsch hat er nicht gelernt. Aber er verschaffte mir meinen ersten Nachkriegsjob: Sekretärin bei der französischen Besatzungsmacht, Division du Rapatriement.

~

Die „Division du Rapatriement“ befasste sich mit der Rückführung französischer Kriegsgefangener und Zwangsverpflichteter in die Heimat. Sie wurden im Hauptquartier Gablenzgasse gesammelt, beherbergt und verpflegt. Das war der Vorteil meines Jobs: Das Personal aß mit, dreimal täglich.

Bürozeit: neun bis zwölf, vierzehn bis achtzehn Uhr. Zwei Stunden Mittagspause waren den Offizieren heilig. Die meisten fuhren heim, zu mitgebrachten Ehefrauen oder neu erworbenen Freundinnen, die ausführliche Mahlzeiten kochten. Die Zutaten kauften sie in der „Cooperative“ Ecke Mariahilfer Straße/Stumpergasse, einem Laden, der alles hatte, was man sonst nirgends bekam, und den erbosten Neid hungriger Passanten erregte. Oft standen französische Hausfrauen mit prallen Einkaufsnetzen vor dem Geschäft und schwatzten.

Meinem Chef, Capitaine Leblanc, unterstand der Fuhrpark, zwanzig Fahrzeuge insgesamt. Das Glanzstück, eine schwarze „Deux-Chevaux“ von Citroën, war Oberst Creusot vorbehalten, einem kurzbeinigen Herrn mit ungesund rotem Gesicht und blutunterlaufenen Augen, der aussah, als könnte ihn jeden Moment der Schlag treffen. Er erinnerte mich an Direktor Weiß, dem ich übrigens einmal in der Wollzeile begegnete. Er hatte abgenommen, der Mantel umschlotterte ihn, sein Gesicht war eingefallen und er ging nicht, sondern er schlurfte. Seltsamerweise bereitete mir sein Anblick keine Befriedigung.

Colonel Creusot trieb Schleichhandel großen Stils, seine Offiziere taten's ihm nach und die Sekretärinnen führten ein lustiges Leben.

Ich war damals reichlich naiv. Bei einem Frühstück, in dessen Verlauf Rosmarie, die Freundin Leutnant Popovs, erzählte, was dieser mit der Hülle ihres Knirps-Schirms angestellt hatte – „ritsche-ratsche, ritsche-ratsche, auf-zu, auf-zu" –, kapierte ich nicht sofort, wovon die Rede war. Die Mädchen bogen sich vor Lachen. Auch mein Chef, Capitaine Leblanc, führte ein freizügiges Leben. Während seine Frau im Rudolfinerhaus das fünfte Kind zur Welt bringt, vergnügt er sich mit Elfi, der Sekretärin Popovs, im heiligen Ehebett.

Die Elfi ist mir ein Rätsel. Aus gutbürgerlichem Haus, mit strengen Moralbegriffen, regt sie sich auf, als Leblanc mit seiner Familie verreist: „Was sagst du! Jetzt will der Popov doch tatsächlich mit mir ins Bett! Wo er doch weiß, ich bin mit dem Capitaine zusammen! Hat eh seine Rosmarie! Ich sage dir, Leute gibt's …"

Popov ist kein schöner Mann. Am nächsten käme ihm das rare Wort „ungeschlacht". Er wirkt verschwitzt, versoffen, übernächtig, ungewaschen. Für die Versorgung der Leute zuständig, die auf ihren Heimtransport

warten, schleichhandelt er mit allem, was er beschaffen kann, und er kann fast alles beschaffen.
Zu meiner Arbeit gehört, den Benzinverbrauch unserer Autos täglich in ein Buch einzutragen, samstags den Wochenverbrauch auszurechnen, das Ergebnis zu notieren und doppelt zu unterstreichen. Auf diesen Doppelstrich legte Leblanc großen Wert. So hemmungslos er sein Privatleben gestalten mochte, beruflich war er ein Pedant.
Ich sitze an einem Samstag über der Benzinabrechnung, greife zum Lineal, da kommt Leutnant Popov herein, tritt hinter meinen Sessel, schaut mir über die Schulter, holt aus und gibt mir eine Ohrfeige.
Ist er verrückt geworden?
Ich renne zu Oberst Creusot, stürme in sein Büro, er fertigt soeben einen Butterkäufer ab, der Mann schiebt das fettige Paket in seine Aktentasche und macht, dass er weiterkommt.
Ich klage an!
Popov wird gerufen. Er kommt und droht mir mit der Faust. Die Sache ist schnell geklärt.
Leutnant Popov, Oberschleichhändler, setzt voraus, dass auch alle anderen schräge Geschäfte machen, kurz, dass ich Benzin abzweige und am Schwarzmarkt teuer verkaufe. Als er unter „Samstag" liest: 590 Liter, glaubt er, ich hätte diese Menge als Tagesverbrauch deklariert, wo wir doch pro Tag maximal 90 Liter verbrauchen. Woher weiß er das überhaupt? Hat er seine schmutzigen Finger auch in unserem Benzin?

Ich erkläre dem Oberst, dass es sich bei den 590 Litern um den Wochenverbrauch handelt.
Popov nimmt das, murrend, zur Kenntnis.
„Il est irascible“, sagt der Oberst, mild. (Er ist ein Hitzkopf.)
„Merci, Lieutenant.“
Der Hitzkopf darf gehen.
Wie bitte? Er soll sich entschuldigen!
„Mademoiselle, c'est impossible! (Das ist unmöglich!)“
„Pourquoi?“
Der Oberst erklärt es mir: „Parce que nous sommes les vainqueurs. (Weil wir die Sieger sind.) Et vous êtes parmi les vaincus! (Und Sie gehören zu den Besiegten!)“
Die Dummheit dieser Begründung hat etwas Entwaffnendes. Und erinnert, erinnert ... woran?
An meine Freundin Trude, die „in ihren Vorfahren gelebt hat“. Oberst Creusot wäre der perfekte Nazi gewesen.

~

Das Wiener Wohnungsamt platzt aus allen Nähten. Tausende sind obdachlos, ausgebombt, versprengt, vom Kriegswind hergeweht.
Das Wartezimmer quillt über, ungeheizt, schlecht beleuchtet, zu wenig Sessel und Bänke, wahrlich ein trübseliger Ort.
Draußen regnet's. Die Menschen warten im Mantel, die Mäntel sind feucht und schäbig, es riecht nach nassem Hund.

Ich komme in Begleitung meines Chefs, Capitaine Leblanc. Er ist in Uniform. Ohne eine Nummer zu nehmen, was jeder Bittsteller tun muss, geht er stracks auf die Türe zum heiligen Amtszimmer zu, klopft nicht an und tritt ein.
Ich folge.
Ich weiß, was die Leute denken. Der Offizier darf alles! Und das Mädel geht mit ihm ins Bett.
Ich geh' nicht mit ihm ins Bett, hätte ich am liebsten geschrien, er hat eine Frau, fünf Kinder, das sechste ist unterwegs, und eine Freundin namens Elfi. Außerdem bin ich verlobt!
Leblanc hält sich nicht damit auf, „Guten Tag" zu sagen oder „Pardon", sondern sagt sofort auf Französisch, obwohl er passabel Deutsch spricht: „Mademoiselle a besoin d'une demeure", winkt mir, zu übersetzen – „Ich brauche eine Wohnung" –, nimmt unaufgefordert auf einem wackligen Sessel Platz und streckt die Beine von sich.
„So", sagt der Beamte und schaut mich giftig an, „Sie brauchen eine Wohnung! Und warum brauchen Sie eine Wohnung?"
„Weil's reinregnet."
„Was Sie nicht sagen!"
Der Beamte sagt: „Warten Sie draußen!" zu dem aktuellen Klienten, der steht auf und schlurft hinaus, in abgetretenen Schuhen und verschiedenfarbenen Socken, links himmelblau, rechts violett, links noch dazu mit Loch.

Der Beamte wartet, bis der Mann draußen ist, dann sagt er, belehrend: „Wenn jeder, bei dem's reinregnet, glauben würde, er hat ein Recht auf eine Wohnung –"
„Verzeihung", unterbreche ich, „es geht nicht um Fensterglas, es geht um ein Glasdach. Die Wohnung ist eine Atelierwohnung im 6. Stock und das ganze Dach ist durchlöchert."
„Dites-lui qu'on est pressés (Sagen Sie ihm, wir haben es eilig)", sagt Leblanc und steht auf.
Der Beamte unterdrückt, was er gerne sagen würde, greift in eine Schachtel, wählt ein Kärtchen, schreibt etwas drauf, stempelt, gibt mir das Wunderding und sagt: „Schlüssel bei der Hausmeisterin."
Ich lese: „Webgasse 36, 1. Stock, Tür sechs".
„Vielen Dank."
Wir gehen.
Der Beamte ruft uns nach: „Die Partei soll zurückkommen!"
Welche Partei? Die Nazis?
Dann fällt mir ein: Er meint den Mann mit den ungleichen Socken! Auf Wiener Ämtern heißen Vorsprechende „Partei"! Wahrscheinlich seit Metternich.

~

Ein altes Bassena-Haus, mittlerweile abgerissen, Zimmer-Kuchl-Kabinett, Wasser und Klo am Gang. Letzteres gehört zu drei weiteren Wohnungen, Streitereien vorprogrammiert.

Wer putzt? Wer kauft Klopapier? Bringt jeder sein eigenes mit? Klopapier in Rollen war ein Luxusartikel. Man schnitt Zeitungen in Quadrate, lochte sie, bündelte sie, zog Spagat durch die Löcher und hängte das Konvolut an einen Nagel im Klo. Wer tat das? Vereinbarte man einen Turnus? Dazu kam, dass es noch immer Wasserprobleme gab. Manchmal rann es nur spärlich, ab und zu wurde abgesperrt, dann hieß es, Wasser nachschütten, vorausgesetzt, man hatte beizeiten Reserven angelegt.

Das Ganze war ekelhaft.

Hätte Leblanc „Guten Tag“ gesagt, „bitte“, „danke“, „auf Wiedersehen“, ich hätte eine Wohnung mit fließendem Wasser bekommen.

~

Daniel schreibt, er kommt nach Wien.

Der erste Zivilist mit einem Touristenvisum! Er hat die Papiere beisammen, wir können heiraten. Wir haben keine Wohnung. In Paris herrscht Wohnungsnot, die Mieten sind unbezahlbar. Aber wir können fürs Erste bei seiner Schwester bleiben, in Fontenay-aux-Roses, einem Vorort, nicht weit, ein paar Stationen mit der Metro.

Ich will nicht nach Fontenay-aux-Roses. Ich will nicht zu seiner Schwester. Ich will nicht heiraten.

Ich will meine Stimme zurück.

~

Warum hatte ich Ja gesagt?
Aus Eitelkeit.
Ich war geschmeichelt.
Daniel hatte meine Schwester und mich immer gleich behandelt, kameradschaftlich und korrekt. Trotzdem war ich überzeugt, er sei in sie verliebt.
Seit Ninos Kniefall im Zug hielt ich sie für unwiderstehlich.
Neidlos! Hatte ich gedacht.
Jetzt dämmerte mir, zwischen uns herrschte Konkurrenz. Bisher war deren Objekt ausschließlich unser Vater gewesen, die Bemühung, ihm zu gefallen, ihn zu überraschen und, Gipfelpunkt des Erfolgs, sogar zum Lachen zu bringen.
Wenn ich ein „gscheites Kind" war, dann in dem Bestreben, es der Älteren gleichzutun, mich im Kreis ihrer Freundinnen zu behaupten. Die Arie der „Königin der Nacht" sang ich in dem wohltuenden Bewusstsein, dass meine Schwester kein hohes „F" hatte. Der Triumph, früher als sie einen Heiratsantrag bekommen zu haben, berauschte mich umso mehr, als ich mir von Liebe und Ehe keine realistische Vorstellung machte. Die mir bekannten Ehen – Jetti und Pepi, Egon und Leopoldine, Judy und Seppl, die Raabs – erschienen mir nicht erstrebenswert. Papas Zweitehe war tabu. Und was die Liebe zwischen Mann und Frau betraf, mir nur aus

Opern bekannt, so führte sie entweder zu Hochzeit oder zu Mord und Totschlag, inspirierte die Komponisten zu ihren schönsten Melodien und entstand relativ einfach: Tamino wirft einen Blick auf Paminas Bildnis und fühlt es „wie Feuer brennen", Pamina sieht Tamino zum ersten Mal und will sich erdolchen, weil er nicht mit ihr spricht, der Troubadour singt eine Arie vor Leonoras Fenster und schon geht sie mit ihm in den Tod, und Constanze will lieber „Martern aller Art" erdulden, als den Bassa erhören. Dass ihre halsbrecherischen Koloraturen die zu erwartenden Qualen symbolisieren, war mir klar, nicht aber, was das „Oui!", das mir auf dem Bahnsteig so leicht über die Lippen gekommen war, konkret bedeutete, jenseits von Verdi und Mozart. Heute betrachte ich mein damaliges Ich mit Rührung und Heiterkeit.

~

Mittagspause im „Rapatriement".
Ich habe Besuch: Horst ist da! Der Deserteur aus dem Luftschutzkeller. Er hat die Decke gebracht, die wir ihm geliehen haben. Er hat sie putzen lassen. Sie sieht aus wie neu.
Wir sitzen an meinem Schreibtisch, trinken Kaffee aus Näpfen mit dem Konterfei General de Gaulles und essen Pithivier, ein französisches Kuchengedicht aus Mandeln, Butter und Zucker.
„Wie hast du mich aufgespürt?"

Ich werde es nie erfahren. Leblanc kommt herein, schlechter Laune. Das Rendezvous mit Elfi hat offenbar nicht geklappt.

„Wer ist das?“, fragt er auf Deutsch.

„Ein Freund. Wir haben miteinander den Einmarsch der Russen erlebt.“

Darauf er: „Ce n'est pas un café ici! (Hier ist kein Kaffeehaus!) Nous sommes une autorité! (Wir sind eine Behörde!) Nous représentons la France! (Wir vertreten Frankreich!)“

Horst flüchtet. Das Kuchenstück nimmt er mit. Das missfällt Leblanc ganz besonders.

„Un peu plus de dignité, s'il vous plait! (Etwas mehr Würde, wenn ich bitten darf!)“

Würde? Capitaine Leblanc redet von „Würde“?! Neulich hat er seine Elfi, als einzige Insassin, mit dem Bus (80 Sitzplätze, 40 Stehplätze) nach Innsbruck befördern lassen, dort hatte er zu tun, die Innsbrucker Nächte sind kalt, da hat man's gern ein bisschen wärmer. Ich musste den Treibstoffverbrauch unter „Dienstfahrt“ abbuchen. Würde! Dass ich nicht lache.

„Et quant à vos amis (Und was Ihre Freunde betrifft)“ – das Wort „amis“ spricht er aus, als handle es sich um Ungeziefer –, „vous aurez l'amabilité de les emmener au garage! (so werden Sie so freundlich sein, sie in die Garage zu führen!)“

„Compris.“ Ich nicke.

Wären wir in der Operette, käme jetzt ein reitender Bote mit der Nachricht, ich sei die verschollen geglaubte Kronprinzessin von Transdanubien, Leblanc fiele auf die

Knie, wir würden heiraten, Finale, und wenn wir nicht gestorben sind, so leben wir noch heute. Aber wir sind nicht in der Operette. Wir sind in der Gablenzgasse.

Es klopft.

„Entrez!“, schreit Leblanc. Es klingt wie „Bleiben Sie draußen!“

Oberst Guilleaume tritt ein, mein Freund aus der Kärntner Straße, der Ex-Chef Saint-Exupérys.

Leblanc schlägt die Hacken zusammen, salutiert. „Mon colonel!“

Zum ersten Mal gefällt mir militärische Hierarchie.

Der Oberst winkt ab. „C’est privé. (Es ist privat.) J’avais à faire par ici et je me suis dit: je vais rendre visite à Mademoiselle Lida. (Ich hatte in der Nähe zu tun und dachte, ich besuche Mademoiselle Lida.)“

Und dann umarmt er mich!

Leblanc steht daneben und schaut drein, als hätte er den Mund voll Zitronen.

Ich frage auf Deutsch, sehr höflich: „Soll ich mit dem Herrn Oberst in die Garage gehen?“

Guilleaume versteht nur „garage“, denkt, etwas Dienstliches, wendet sich an Leblanc und sagt: „Vous pouvez disposer. (Wegtreten!)“

Gott segne ihn!

Leblanc salutiert, stapft hinaus.

„Bon gars“, sagt der Colonel. (Braver Kerl.)

Wir setzen uns an meinen Schreibtisch, trinken Kaffee, essen Pithivier und Guilleaume zeigt mir Fotos seiner Enkelinnen: goldlockige Mädchen in Weiß, auf einer grünen Wiese.

„Glück", sagt meine Schwester, „Glück ist, wenn du dir was wünschst und du kriegst es genau in dem Moment, in dem du dir's wünschst!"
Recht hat sie.

~

Ich schreibe einen Brief an Daniel. Ein seltsames Unterfangen. Als ginge es dabei nicht um mich, als säße ich über einer Übung in meinem Französischkurs. Der Brief geht mir flott von der Hand. Das ganze Kellererlebnis liegt ein knappes Jahr zurück, trotzdem erscheint es mir wie fernste Vergangenheit.
Ich warte lange auf Antwort. Endlich kommt ein Brief aus Paris. Der Umschlag enthält ein Comic.
1) Frau Schmutzer rührt Teig. 2) Frau Schmutzer formt Buchteln. 3) Frau Schmutzer füllt die Buchteln mit Powidl. 4) Frau Schmutzer legt die Buchteln in die Pfanne. 5) Frau Schmutzer schiebt die Pfanne ins Backrohr. 6) Frau Schmutzer zieht ihre geblümten Topflappenfäustlinge an. 7) Frau Schmutzer holt die Pfanne aus dem Rohr. 8) Der Russe zieht ab, mit den Buchteln.
Darunter ein Herz. Und kein Wort.
Merci, Daniel! Merci!

~

Sommer 1947.
Meine Schwester und ich fahren nach Auvillar. Ein sonngebackenes Dorf in Südfrankreich, Département Tarn-et-Garonne, von perfider Überschaubarkeit. Hier fällt jeder Fremde auf, hier kann sich keiner verstecken. Heute empfiehlt sich der Ort als Touristenziel, rühmt seine schöne Markthalle, seinen Uhrturm, sein Fayence-Museum, sein reichhaltiges Aktivitätenprogramm. Nichts erinnert an die Aktivitäten, die vor siebzig Jahren hier stattgefunden haben.
Die Koffer unserer Eltern, auch der mit den Hoteletiketten, sind im Bürgermeisteramt aufbewahrt, gestapelt, katalogisiert.
„Ici rien ne se perd", sagt der Bürgermeister. (Hier kommt nichts weg.)
In einem der Koffer findet sich ein Brief Annies:

Liebe Kinder!

Beiliegend mein Testament. Sollte nach meinem Tod etwas vorhanden sein, das mir zusteht, seid Ihr meine alleinigen Erben. Und ich werde meinem lieben Mann bis zum letzten Atemzug danken, dass er nie gesagt hat, wenn ich die Jüdin nicht geheiratet hätte, wäre mir viel Schweres erspart geblieben. Ich umarme Euch.

Eure Annie

Außerdem Korrespondenz zwischen Annie und Tante Marta in Debrecen (Annie hatte Kopien des Briefwechsels gemacht):

Montauban, 12. April 1942

Liebe Tante Marta!

Wir hören den Schweizer Rundfunk. Die Bombenangriffe auf Wien werden immer heftiger. Bei Euch ist alles ruhig, schreibt Albert. (Ich lasse ihn schön grüßen.) Nun meine Frage und Bitte: Wäre es Euch möglich, die Kinder (meine Stieftöchter) zu Euch nach Debrecen zu nehmen? Ihr würdet uns von einer großen Sorge befreien. Danke im Voraus.

Deine Dich liebende Nichte Annie

Tante Marta schrieb zurück:

Debrecen, 26. April 1942

Liebe Annie!

Wir verstehen Deine Sorge um Deine Stieftöchter in Wien. Wir sind gerne bereit zu helfen. Leider ist unsere finanzielle Lage derzeit etwas angespannt. Der Krieg in Europa hat uns Einbußen beschert. Das heißt: Wir wären bereit, das jüngere der beiden Mädchen unserem

Haushalt einzugliedern, das Kind müsste sich allerdings unseren Umgangsregeln anpassen. Beide Kinder sind uns anlässlich unseres letzten Besuchs in Wien ihres freien Betragens wegen unliebsam aufgefallen und wir würden ein solches in unserem Haus keineswegs dulden. Wir hoffen, Dir mit diesem Vorschlag gedient zu haben, und umarmen Dich zärtlich.

Tante Marta

Grüße an Deinen Mann. Albert lässt auch schön grüßen.

Darauf Annie:

Montauban, 6. Mai 1942

Liebe Tante Marta!

Danke für Eure Bereitschaft, das jüngere der beiden Kinder bei Euch aufzunehmen. Vergiss es! Die Mädchen vermissen ihren Vater. Sie stehen einander sehr nahe. Sollen wir sie auseinanderreißen? Haben sie's nicht schon schwer genug? Nochmals vielen Dank und schöne Grüße.

Deine Dich liebende Nichte Annie

Auch ein Brief Tante Gertys findet sich:

Kairo, 25. Mai 1942

Liebste Annie!

Habe soeben einen Brief von Tante Marta erhalten. Warum hast Du sie beleidigt? Ihr Angebot war hochherzig! Jetzt ist nicht der Moment für Sentimentalitäten. Das Kind ist jung, in dem Alter passt man sich den Umständen an. Übertriebene Rücksichtnahme ist wirklich nicht angebracht. Die Luft in Debrecen ist besser als die Luft in Wien. Es wäre auch eine Entlastung der Tante Henriette, die mit der Betreuung der Mädchen überlastet zu sein scheint. Und last, not least hätte das Kind an unseren Nichten Ida und Stella Vorbilder, wie sich eine angehende junge Dame benehmen soll. Du kannst nicht leugnen, dass Deine Stieftöchter, verzeih, immer verwildert waren. Ich umarme Dich.

Deine Dich liebende Schwester Gerty

Wir wären sechs gewesen, damals in Debrecen, nachts, auf der Ladefläche.
Du hast mir das Leben gerettet.
Danke, Annie!

~

Auf der Heimfahrt nach Wien steigen wir in Zürich aus. Der Krieg ist zwei Jahre vorbei. Trotzdem gehen wir, staunend, durch eine Schlaraffenstadt. Keine kaputten Häuser. Keine leeren Fensterhöhlen. Straßen ohne Bombentrichter. Die Läden zum Bersten voll, die Schaufenster quellen über, die Menschen sehen wohlgenährt aus und sind gut angezogen.
Zum Glück haben wir kein Geld, sonst würden wir auf der Stelle in einen Kaufrausch verfallen.
Wir besuchen Simone Schoechlin, wollen uns bei ihr bedanken für die Postvermittlung im Krieg.
Simone hat eine große Wohnung mit Blick auf den Zürichsee. Die Einrichtung ist gediegen. Eine Jause erwartet uns: heiße Schokolade mit Schlag sowie, uns zu Ehren, ein „Wiener Apfelstrudel".
Das Ganze auf einem blütenweißen Damasttischtuch mit Stoffservietten!
Wann haben wir das letzte Mal heiße Schokolade getrunken? In einem anderen Leben.
Auf dem Konzertflügel steht ein gerahmtes Foto unserer Mutter. Ein riesiger Hut beschattet das schmale, schöne Gesicht, das breite Seidenband ist unter dem Kinn geknotet. Wir kennen das Bild. Wir haben das gleiche im Koffer unseres Vaters gefunden.
Simone, eine sportliche Frau mit scharfem Profil, tiefer Stimme und kurz geschorenem Haar, folgt unseren Blicken und sagt: „Alles, was ich kann, habe ich bei ihr gelernt." Und dann: „Ich mache mir große Vorwürfe. Ich hätte versuchen sollen, euren Vater und seine Frau in die Schweiz herüberzuholen. Er hat nicht darum gebeten."

Er hat nicht darum gebeten …
Ach, Vater!
Lord Byron und du! Romantische Aristokraten!
Seinen hochmütigen Spruch hast du mir ins Stammbuch geschrieben: „Meine Freude sollst du teilen, meinen Schmerz trag' ich allein!"
Ich fand' ihn edel.
Heute finde ich ihn jammervoll.
Niemanden an sich heranlassen!
Niemandem verpflichtet sein!
Niemandem danken müssen!
Und wenn es den Tod bedeutet.

~

Der Zug hält in Buchs.
Passkontrolle.
Der Polizist, blau uniformiert, auf dem Kopf ein kochtopfähnliches Képi, studiert unsere Pässe, als seien sie verschlüsselt. Endlich sagt er: „Sie sind hüt früe, um siebäzweiäzwänzg us Frankriech i d' Schwiiz iigreist und Sie hetted am elfisiebänävierzg hier in Buchs ankommen müssen. Jetzt isch äs achtzehn Uhr fünf. Wo sind Sie gewesen in der Zwischenzeit?"
„In Zürich", sagt meine Schwester.
„In Züri. So, so. Aha."
„Wir haben eine Freundin besucht."
„Eine Freundin. Was Sie nicht säged."
Was will der Mann?

„Wo ist Ihr Visum?“
„Visum??“
„Sie händ nur ein Transitvisum. Kein Aufenthaltsvisum.“
„Wir haben uns nur drei Stunden in Zürich aufgehalten!“
„Die Dauer des Aufenthalts isch unerheblich, junge Frau.“
Er steckt unsere Pässe ein.
„Steigen Sie aus!“
Wie bitte??
„Herr Inspektor“, flötet meine Schwester, blickt flehend und lächelt bezaubernd, vergebliche Mühe, ihr Charme perlt an ihm ab wie Wasser am Gefieder eines Pinguins.
„Ohne Aufenthaltsvisum kann isch Sie nicht weiterfahren lassen.“
„Wir wollen doch nicht weiterfahren! Wir wollen raus aus der Schweiz!“
„Sie haben sich mehrere Stunden unerlaubt auf Schwiizer Hoheitsgebiet aufgehalten. Das kann isch nicht dulden. Alles muss sini Ordnung haben.“
Er wendet sich zum Gehen. „Jetzt steigen Sie sofort us, gehen am Bahnsteig entlang und warten vor dem Polizeiwachzimmer.“
Er ist weg.
Wir bleiben sitzen, verdattert. Aber was hilft's! Er hat unsere Pässe.
Also steigen wir aus, gehen den Bahnsteig entlang und warten vor dem Polizeiwachzimmer.

Nach etwa zwanzig Minuten erscheint der Gesetzeshüter, führt uns in ein kahles Zimmer, nimmt auf einem Drehstuhl Platz und zeigt auf zwei rechtwinkelige Fichtenholzsessel.
Wir sitzen.
Er öffnet eine Lade, entnimmt ihr Formulare, zählt sie ab, legt sechs vor uns auf den Tisch und erläutert: „Das da sind Anträge auf Erteilung eines Schwiizer Aufenthaltsvisums vo vierundzwanzig Stunden Dauer."
Meine Schwester protestiert: „So lange wollen wir nicht bleiben!"
Ich stupse sie und sage: „Was wir wollen, ist unerheblich."
Der Mann schaut mich an, irritiert. Ich blicke unschuldig. Das kann ich. Direktor Weiß wusste nie, woran er mit mir war.
„Jetzt fülled Sie t'Anträge us mit zwei Kopiä, falschi Angabe' sind strafbar und mornemorge früe um achti chömed Sie iri Stempel über."
„Und wo sollen wir übernachten?"
„Wie viel Geld händ Sie bi sich?"
Wir zählen nach. „Achtzig Rappen."
„Zwei Schilling fünfzig."
„Zwei Wiener Straßenbahnfahrscheine."
„Sie fahren ohni Gält i de Wältgschicht ume?"
„Wir wären längst zu Hause, wenn Sie uns nicht –"
Ich trete meiner Schwester auf den Fuß. Soll er uns wo unterbringen!
Sie macht einen Vorschlag zur Güte: „Vielleicht könnten wir im Arrest –?!"

„Lönd Sie diese dummen Witze!“
Er greift zum Telefon. „Da isch dä Bläuler. Guete Abig, Lisi. Ich ha da zwei jungi mittellosi Mäitli. Us äm Öschtrichische. – Nei, nei, nu für ei Nacht. Chan ich sie übereschicke? Hüt no. Sofort. – Tanke, Lisi.“
Er legt auf.
„Sie gehen jetzt ins Asyl. Quer über den Bahnhofsvorplatz, erste Gasse links, Nummer 9.“
„Was für ein Asyl?“
„Än alkoholfreis für unbegleitete Mädchen.“
„Für unbekleidete Mädchen?“
„Vorsicht, junge Dame, ufpasse! Sonst landen Sie wirklich noch in unserem Arrestlokal! Und jetzt, hoppla, um neun sperrt das Asyl.“
Er öffnet die Lade wieder, legt unsere Pässe hinein, versperrt sie, hängt den Schlüssel an einen hiefür bestimmten Haken in einem Schlüsselkasten mit Glastüre, versperrt auch diesen und nimmt den Schlüssel an sich.
Der Teufel soll ihn holen!
Der Teufel, mit der Planung massiveren Unheils beschäftigt, hat für uns keine Zeit.

~

Ich bin jetzt Studentin an der Wiener Hochschule für Musik und darstellende Kunst, genannt „Akademie“.
Die Aufnahmsprüfung war ein Fest. Von Frau Lahr-Goldschmied und Antonia trainiert, singe ich „Voi che sapete“, die Canzone des Cherubin aus „Figaros Hoch-

zeit". Sie reicht bis zum „E". Dass ab dem „G" Schluss ist, ahnt keiner. Die Stimme klingt gut.
Frau Lahr-Goldschmied ist optimistisch: „Du wirst eine Lyrische!"
Von Rechts wegen dürfte ich bei ihr keine Stunden nehmen. Privater Gesangsunterricht ist Studierenden der Akademie untersagt.
Fast niemand hält sich daran.
Ich bin in der Klasse Gallos.
Kammersänger Hermann Gallos ist ein freundlicher älterer Herr. Antonia lobt: „Er hat alle seine Schüler bei guten Lehrern untergebracht."
Walter Berry, Waldemar Kmentt, Eberhard Wächter sind meine Kollegen. Sie sind kollegial. Aber keiner holt mich, wenn er eine Partnerin braucht. Vorm Vorsingen fürchte ich mich. Wieso gibt mir das nicht zu denken? Geborene Sänger brennen darauf, sich hinzustellen und zu singen.
„Du musst Geduld haben!", sagt Toni. Sie hat leicht reden. Sie ist, mit dreiundzwanzig, nach Innsbruck engagiert, ans Tiroler Landestheater, Antrittsrolle: Mimi! Ich freu' mich für sie. Wirklich. Ehrlich. Gleichzeitig frisst mich der Neid.

~

Auch meine Schwester studiert an der Musikakademie: Cembalo bei der berühmten Isolde Ahlgrimm, Spezialistin für die Musikliteratur des 18. Jahrhunderts.

Dr. Fiala, ihr Mann, Hansdampf in allen Kulturgassen und Schöngeist von Beruf, organisiert in einer Privatwohnung auf der Linken Wienzeile „Concerte für Kenner und Liebhaber“.

Es gibt Genüsse vom Feinsten: Isolde präsentiert Werke von Johann Sebastian Bachs Söhnen und Zeitgenossen, Mitglieder der Wiener Philharmoniker spielen Quartette zu Unrecht vergessener Komponisten, Kammerschauspieler Richard Eybner rezitiert Gedichte Kaiser Leopold des Ersten und in der Pause werden Köstlichkeiten nach Rezepten aus dem Kochbuch der Anna Maria Stadlerin, Augsburg 1786, dargeboten.

Antonia, meine Schwester und ich sollen bei einem der nächsten „Concerte“ Kanons von Haydn singen.

„Na, Mädchen? Was sagt ihr? Eure Namen auf dem Programmzettel neben dem Namen meiner Frau, der Philharmoniker und des Herrn Kammerschauspielers! Hättet ihr euch das träumen lassen?“

Antonia, Innsbrucker Engagement in der Tasche, fragt kühl: „Wie viel zahlen Sie?“

„Also, jetzt enttäuscht ihr mich!“

„Die Kunst muss nach Brod lauffen“, sagt Antonia.

Fiala horcht auf. „Ist das nicht aus der Kantate ‚O Musica‘ von Paul Peuerl?“

Wir nicken.

„Maßlos unterschätzter Barockkomponist!“ Er holt sein Notizbuch heraus, kritzelt. „Höchste Zeit, dass wir ihn wieder aufführen, danke, Toni!“

Er will gehen.

„Wie viel zahlen Sie??“

Fiala seufzt. Dann sagt er: „Ihr habt die Wahl. Honorar oder Abendkleider. Sucht es euch aus."
Wir beraten.
Antonia sagt: „Wir sollten die Kleider nehmen. Wenn wir in seinem ‚Concert' auftreten, kann er sich nicht lumpen lassen. Da müssen wir erstklassig aussehen. Und dann haben wir Abendkleider für jede Gelegenheit. Wenn wir Geld nehmen, bin ich sicher, er haut uns übers Ohr."
Einleuchtend! Wir nehmen die Kleider.
„Ich stelle die Stoffe bei, das Nähen besorgt Frau Hampl, eine Modeschöpferin. Sucht euch die Farben aus! Zur Wahl stehen Rot, Blau, Grün."
Ich nehme Grün, meine Schwester nimmt Rot, Toni nimmt Blau. Fiala notiert unsere Wünsche.
„Ihr werdet hinreißend aussehen! Wir treffen uns morgen um drei, pünktlich, beim Donnerbrunnen. Ihr werdet begeistert sein!"
Am nächsten Tag, pünktlich um drei, stehen wir beim Donnerbrunnen. Kein Fiala. Außerdem weit und breit kein Stoffgeschäft. Nur eine Möbelhandlung.
Was hat das zu bedeuten?
Jetzt steigt er aus einem Taxi, unterm Arm ein großes Paket. „Da seid ihr ja! Kommt!"
Er führt uns zum Möbelgeschäft, öffnet die Ladentüre, das Türgeläute spielt das Menuett aus „Don Giovanni", hält sie galant für uns offen, lässt uns eintreten, folgt, begrüßt den Inhaber herzlich, einen gepflegten, nach Rasierwasser duftenden Herrn mit pomadeglänzenden Haaren, in grau-grünem Jägerzivil, und legt das Paket auf den Tisch.

„Da ist der Stoff!"
DER Stoff?? Wieso bringt er nicht drei Stoffe? Sollen wir aussehen wie Drillinge?
Was sollen wir überhaupt hier?
Das Geschäft bietet Bauernmöbel, bemalte Truhen, Spinnräder, Butterfässer, Gasselschlitten – nostalgisch-ländlichen Kram.
Fiala fragt seinen Kumpel: „Hast du die Modeln?"
Der nickt, verschwindet im Magazin und schleppt kurz darauf ein Dutzend eiserner Modeln herbei, Stempel zum Stoffbedrucken, alte Motive, Blumen, Vögel, exotische Früchte, Sonnen, Monde, Kometen. Man kennt sie von Vorhängen, Bettzeug, Tischtüchern, Lampenschirmen.
„Sucht euch was aus!"
Er enthüllt den mitgebrachten Stoff. Es ist weißer Molino. Was Billigeres gibt es nicht.
„Der wird jetzt bedruckt, was sagt ihr, in euren Lieblingsfarben, Rot, Grün, Blau, wie gewünscht, ihr werdet zum Küssen aussehen!" Er verabschiedet sich von seinem Komplizen, nickt uns zu und verlässt den Laden. Das Menuett bimmelt ihm nach.
Die Kleider, genäht von Frau Hampl in Isoldes Hinterzimmer, sehen tatsächlich gut aus, besonders aus der Ferne.
Immerhin: Mein Molinokleid, kühn gekürzt, ausufernd dekolletiert, ist einen Sommer lang die Sensation von Caorle.

~

Acht Uhr abends.
Ich stehe vorm Klavier und singe meine Übungen. Beim „G“ ist Schluss. Nach wie vor.
„Keine Angst! Lass’ es fließen!“, sagt Fritzi Lahr-Goldschmied, immer wieder.
Ich habe Angst. Nichts fließt.
Na-na-na-na-nu-nu-nu-nu –
Es klopft. Wir haben keine Klingel.
Ich schreie: „Es ist erst acht!“
Mein Singen stört die Nachbarn. Mich stört ihre Radiomusik. Die gemeinsame Klobenützung trägt zur Klimaverbesserung nicht bei.
Es klopft erneut. Ich öffne. Draußen steht nicht Frau Krastl, die lästige Nachbarin, sondern eine Erscheinung aus einer anderen Welt, eine Dame, silberblond, auf dem Kopf ein apartes Hütchen, in einem Kostüm aus Wollstoff mit runden Schultern, schmaler Taille und wadenlangem Rock, der bei jedem Schritt glockig schwingt, an dem bisschen Bein, das man sieht, hauchzarte, schimmernde Strümpfe, wahrscheinlich diese Nylons, von denen man so viel hört.
Ich stehe und starre sie an, mit offenem Mund.
Ich selbst trage kackbraune Baumwollstrümpfe und ein zu kurzes, zu knappes Kleid mit eckigen Schulterpolstern, Mode 1940, abgelegt von den Kautsky-

Mädchen. Sie leben in New York und schicken uns ihre alten Kleider.
„Mademoiselle Lida?“, sagt die Erscheinung.
Was sie trägt, erfahre ich später, kommt aus Paris, heißt „new look“ und ist die Erfindung eines Couturiers namens Jacques Fath.
„Je suis sa mère. (Ich bin seine Mutter.)“
Wessen Mutter?
Sie steht immer noch auf dem Gang. Ich lasse sie eintreten. In der Küche – Vorzimmer gibt es keines – riecht es jetzt nach Parfum. Seit Judys Schönheitskastl habe ich kein Parfum mehr gerochen.
Annie nahm Kölnisch Wasser, Tante Jetti grundsätzlich nichts.
Die Dame sagt: „Christian!“
Natürlich! Den wir vor der Gestapo versteckt haben, bei der liebestollen Frau Mehlmann.
Ich biete der Dame Platz an. Sie setzt sich, nicht ohne ihren Rock anmutig um sich zu drapieren, und schlägt die Beine übereinander. Jawohl. Es sind Nylonstrümpfe. Was die wohl gekostet haben.
Ich frage: „Comment va-t-il? (Wie geht es ihm?)“
„Il va très bien. (Es geht ihm sehr gut.) Je suis venue pour vous remercier. (Ich bin gekommen, um Ihnen zu danken.) Vous et votre soeur! (Ihnen und Ihrer Schwester.)“
Ich sage: „Pas de quoi. (Keine Ursache.)“ Unsinn! Sie hat Ursache, uns zu danken. Wir haben ihrem Sohn das Leben gerettet, spielerisch, schlafwandlerisch, ohne uns der Gefahr tatsächlich bewusst zu sein. Wir waren nicht einmal mutig.

Eigentlich sollte ich Madame nach Groß-Schweinbarth schicken, zu Frau Mehlmann. Aber das kommt nicht infrage. Ihr Mann sitzt jetzt immer zu Hause. Sie haben ihm am letzten Kriegstag das linke Bein weggeschossen.

~

In unseren Studienjahren waren wir chronisch geldknapp, immer auf der Suche nach Nebenjobs aller Art. Bei den Franzosen hatte ich gekündigt. Die Arbeitszeit, neun bis sechs, war unvereinbar mit ernsthaftem Gesangsstudium, die Lebensmittelversorgung besser, drei Mahlzeiten im Büro waren nicht länger lebensrettend.

Einmal ergatterte ich eine Urlaubsvertretung bei John Feinstein, Holz en gros. Er betrieb den Holzhandel vom Bett aus. Es stand in einem Kabinett. Er sah aus wie ein Gebirge, die Tuchent wölbte sich über seinem enormen Bauch.

Nebenan im Wohnzimmer hackten vier Schreibdamen auf ihre Schreibmaschinen, um Feinsteins Korrespondenz, die er mir diktierte (ich vertrat seine Chefsekretärin), rechtzeitig zur Post zu bringen. Die Briefe waren englisch, französisch und italienisch.

Noch heute bin ich in diesen Sprachen, was Holz anbelangt, gut beschlagen.

Eine Diätköchin namens Carmen stand auch in Feinsteins Diensten, wobei das Wort „stand“ nicht zutrifft, meistens torkelte sie, sturzbetrunken, durch die Wohnung, ein Tablett mit salzlosen Speisen zirkusreif balancierend.

Feinstein diktierte mir unter anderem: „Ihre Frage nach der Bonität der genannten Firma kann ich leider nicht beantworten, da ich prinzipiell keine schlechten Auskünfte gebe."

Eines Tages schickte er Fräulein Ruckenbauer, eine der Schreibdamen, in die Putzerei, einen seiner Anzüge abzuholen. Ich staunte, dass er welche hatte. Sein Standard-Outfit war der Pyjama.

Der Anzug war hellgrau, englische Reinwollqualität. Ruckenbauer schwärmte, wie schön der Anzug sei.

Feinstein sagte: „Können Sie haben!"

„Wirklich, Herr Feinstein? Wirklich?"

„Sag' ich doch."

„Danke! Danke!"

„Haben Sie Freund?"

„Nein, Herr Feinstein", sagte Fräulein Ruckenbauer tugendhaft, „ich trenn' den Anzug auf und mach' mir ein Frühjahrskostüm!"

„Aber nicht während der Dienstzeit!"

„Natürlich nicht, Herr Feinstein!"

Damit ging sie ins Badezimmer, kramte, bis sie eine Rasierklinge fand, und begann unverzüglich, den Anzug aufzutrennen. Bald lagen sämtliche Teile säuberlich auf ihrem Tisch, da läutete das Telefon.

Es war die Putzerei. Man hatte ihr, Pardon, den falschen Anzug ausgehändigt.

~

Ein anderer gelegentlicher Arbeitgeber war der Diplomat und Verleger Alois Englander, genannt Loisl. Er engagierte uns, meine Schwester und mich, um ausländische Geschäftsfreunde, die er zum Essen einlud, ins Restaurant zu begleiten. Der Escort-Service erforderte diplomatisches Geschick. Loisl gab eine Zeitung heraus, deren Titel ich vergessen habe. In diesem Blatt inserierten diverse Restaurants. Statt die Inserate zu bezahlen, räumten sie Loisls Gästen einen gewissen Freibetrag ein, innerhalb dessen Grenzen sie essen und trinken durften.

Unsere Aufgabe bestand darin, den ausländischen Gästen die billigsten Gerichte zu empfehlen, damit der Freibetrag ja nicht überschritten wurde. Etwaige Überschüsse gehörten uns, zusätzlich zum Honorar.

„Versuchen Sie lieber Beuschel!", rieten wir Wien-Besuchern, die mit Tafelspitz liebäugelten, „eine Wiener Spezialität! Kriegen Sie nirgends sonst, eine Gaumenfreude! Wurde in den Salons gegessen, deshalb heißt es ‚Salonbeuschel', verstehen Sie!"

Fand Beuschel keinen Anklang, schwärmten wir von Krautfleckerln (Mozarts Leibspeise!), Erdäpfelgulasch (Hat die Frau Schratt für den Kaiser gekocht!), Grenadiermarsch.

„Was ist das?"

„Eine Köstlichkeit! So was haben Sie noch nie gegessen! Der Höhepunkt Ihres Wien-Aufenthalts!“
Als Nachtisch empfahlen wir Joghurt. „Für die Gesundheit!“
Von Alkohol rieten wir ab. „Österreich ist kein Weinland!“, sagten wir, ohne zu erröten. „Wein sollten Sie in Frankreich trinken oder in Italien! In Wien trinkt man Wasser, perlendes Hochquellwasser, frisch aus den Bergen, ursprünglich für den Kaiser nach Schönbrunn geleitet, dann allen zugänglich gemacht, durch Allerhöchste Entschließung!“
Und während wir einen Vortrag über Kaiser Franz Joseph hielten, der besser war als sein Ruf, viel besser, man denke nur an die Ringstraße, den Jugendstil, die Secession, den Wienerwald und das Institut für Tropenmedizin, schoben wir die Weinkarte beiseite.
Meistens machten wir Gewinn.

~

Wir sitzen beim Abendessen, meine Schwester und ich. Es gibt Einbrennsuppe mit Majoran, nach einem Rezept Frau Raabs („Wir essen die zum Frühstück.“), und Margarinebrot.
Es läutet.
Um die Zeit?
Ich gehe zur Türe, öffne. Ein englischer Offizier, weiblich, steht auf dem Gang. Wer ist das?

Die Uniformierte sagt: „Hello.“
Ich kenne die Stimme.
„Lässt du mich nicht herein?“
Tante Gerty!
Ich gebe den Weg frei. Sie umarmt mich. Ich lasse mich umarmen. Dann kommt meine Schwester dran. Sie packt uns wie Gegenstände. Meine Schwester fängt sich schneller, sagt: „Gut schaust du aus“, hilft ihr aus dem Uniformmantel und bietet ihr Platz an.
„Das ist euer Nachtmahl?“, fragt Tante Gerty missbilligend, als wären wir für die schlechte Versorgungslage verantwortlich.
„Und hier wohnt ihr??“
Sie sieht sich um. „Das ist ja grauenhaft!“
Ich sage: „Wir sind froh, dass wir diese Wohnung haben.“
„Gab’s nichts Besseres?“
Sicherlich. Aber da hätte Leblanc höflicher sein müssen. Die Antwort, nebst näherer Erklärung, ist mir zu mühselig. Ich sage: „Nein.“
„Hier könnt ihr nicht bleiben!“
Wir schweigen.
„Na ja“, sagt Tante Gerty. „Es hat sich eben niemand ordentlich um euch gekümmert. Das wird sich jetzt ändern!“
Oh Gott.
Uralte Feindseligkeit regt sich.
Wir kämpfen dagegen an. Wir drei sind übrig geblieben. Alle anderen sind tot, ermordet. Karl. Annie. Albert. Marianne. Richard. Marta. Ida. Stella. Schon

aus Respekt vor ihnen – jetzt ist nicht der Moment, alten Zwist aufzuwärmen.
Aber was hilft's. Wir mögen Tante Gerty nicht.

~

Tante Gerty logiert im „Sacher". Die Engländer haben das Hotel beschlagnahmt. Die Franzosen das „Hotel de France", die Amerikaner das „Regina", die Russen das „Hotel Stefanie".
Wir dürfen im „Sacher" soupieren. Ausflug ins Schlaraffenland. Der österreichische Kellner ist von peinlicher Unterwürfigkeit. Wir schämen uns für ihn. Gerty findet sein Benehmen normal.
Sie hatte mit der Armee die halbe Welt bereist, war in Ägypten gewesen, in Indien, in Malaya, wusste jedoch auf die Frage: „Wie war es dort?" nichts zu erwidern. Allenfalls: „Der Koch in Kalkutta hat ordentliches Curry gemacht", „Die Amah in Penang war brav", „Im Offiziersclub in Kairo wurde schlecht Bridge gespielt."
„Kannst du Malaiisch?"
„Nein."
„Nicht einmal ein paar Wörter?"
„Vielleicht ein paar."
„Was heißt ‚Schuhe'?"
„Die gehen barfuß."
Dann sagt sie, kategorisch: „Ich kaufe euch eine Wohnung!"

~

Wohnungskauf im heutigen Sinn war zu jener Zeit unmöglich. Und um mieten zu dürfen, musste man dem Vermieter Ablöse zahlen. Die Summe richtete sich nach Lage, Größe und Beschaffenheit der Wohnung und wechselte bar den Besitzer. Unterschrieben wurde nichts. Das Ganze war verboten. Trotzdem wusste jedermann: ohne Ablöse keine Wohnung.

Wir fanden eine wunderbare in der Schönlaterngasse, im Haus hinter der Jesuitenkirche. Vierhundert Jahre alt, war es eine „Burse" gewesen, ein Haus für Studenten, wie passend. Hohe Räume, dicke Wände, ein uralter Bretterboden. Ablöse: zwanzigtausend Schilling.

Tante Gerty zahlte das Geld, erwartete Dankbarkeit und wurde bitter enttäuscht. Nicht aus bösem Willen. Nein. Sie war selber schuld.

Als sie erwähnte, Onkel Otto habe etwas Geld und ein Testament hinterlassen, laut dessen Bestimmungen sie, Annie und Albert die alleinigen Erben seien, zeigten wir ihr Annies Testament. Sie nahm es mit spitzen Fingern, las es, verzog keine Miene, gab es uns zurück und sagte: „Überlasst alles mir. Ich kümmere mich um alles."

Sie gab uns keine Auskunft, sagte uns nicht, wie viel da war. Ob überhaupt etwas da war. Nur, dass wir zu jung wären, um zu wissen, wie man mit Geld umgeht.

„Ich verwalte das für euch. Und wenn ihr Geld braucht, natürlich für etwas Vernünftiges, dann kommt ihr zu mir und ich geb's euch. Außerdem – nach meinem Tod kriegt ihr dann sowieso alles."

Ich weiß bis heute nicht: War die Schönlaterngassenwohnung ein großzügiges Geschenk oder ein mickriges a-conto auf das uns zustehende Erbe? Versuche, die Wahrheit zu erfahren, scheiterten samt und sonders. Ein Mal waren wir beharrlich.

„Wir möchten eine Abrechnung bitte. Wie viel Geld war ursprünglich vorhanden? Wie wurde geteilt? Halbe-halbe? Ein Drittel, zwei Drittel? Wo wurde die Erbschaft abgewickelt? In Frankreich? England? Der Schweiz? Steht uns noch etwas zu? Und falls ja, wie viel?"

Tante Gerty wird kreidebleich. Wann habe ich sie jemals so weiß … – ach ja, als Bela auf dem Dach saß!

Plötzlich ein Geräusch, wie das Quietschen einer schlecht geölten Tür. Ist jemand hereingekommen?

Nein. Das Geräusch entringt sich Tante Gertys blutleeren Lippen, jämmerlich, kläglich, peinlich.

Sie wimmert.

Wir haben nie wieder gefragt.

Heute bedauere ich, dass unsere Zwietracht niemals erwachsen wurde, dass wir unseren Kindergroll ein Leben lang nährten und pflegten.

Warum war Gerty, wie sie war? Womit hatte sie den Strauß unerfreulicher Eigenschaften verdient, den ihr das Schicksal bescherte? So wenig, vermutlich, wie Judy den Zauber ihrer Schönheit.

Dazu kam unser Mangel an Mitgefühl für Emigranten. Worüber beklagten sie sich? Sie hatten überlebt!

Was war Verlust der Heimat, des Bürgerrechts, der Identität gegen den Verlust des Lebens?
Wir waren untröstlich und grausam.

~

An der Musikakademie gibt's einen Kammerchor, gegründet von Ferdinand Grossmann, dem legendären Chef der Sängerknaben, des Staatsopernchors, des Männergesangsvereins, des Singvereins, des Lehrer-a-cappella-Chors, Funktionen, die er zurücklegte, sobald das Maximum erreicht war.
Ich nehme den Chor kaum zur Kenntnis. Bis ich in der Zeitung lese: „Wiener Akademie-Kammerchor in die USA eingeladen."
Amerika, ich komme!
Am nächsten Tag stehe ich vor Zimmer 35 im Hochparterre. Drinnen ist Chorprobe. Ich höre zu. Probiert wird ein achtstimmiges Stück, das ich nicht kenne.
Die einzelnen Stimmen, makellos, setzen nacheinander ein, der Klang schwillt an, wird leiser, verklingt, klingt in mir nach. Meine Nichtachtung des Chors wird zu Bewunderung. Ob Grossmann mich nehmen wird?
Die Sänger kommen heraus, gut aufgelegt, lachend, schwatzend. Ich gehe ins Klassenzimmer.
Grossmann ist klein, hellwach, energiegeladen.
Wer ihn anspricht, dem schenkt er seine volle Aufmerksamkeit.

„Du willst in den Chor?“
„Ja.“
„Warum?“
Weil ich nach Amerika will – die Antwort kommt nicht infrage. Lügen will ich auch nicht. Ich sage: „Ich hab’ draußen zugehört. Ich würde gern mitsingen dürfen.“
„In welcher Klasse bist du?“
„Klasse Gallos.“
Er steht neben dem Klavier, schlägt einen Ton an, singt eine Vokalise. „Bitte.“
Ich singe die Übung nach.
Halbton höher.
Ich singe.
Halbton höher. Es geht übers „G“.
Ich verstumme.
„Probleme?“
„Ja. Ab dem ‚G‘.“
Er schaut mich an, sagt nichts. Die längste Pause meines Lebens. Dann fragt er: „Kannst du blattlesen?“
„Ja.“
Er legt mir ein Notenblatt hin, setzt sich, schlägt den Ton an, gibt den Einsatz. Es ist eine Chorstelle, Sopran, aus der f-Moll-Messe von Bruckner. Meine Stimmlage. Kein Problem.
„Gut“, sagt er. „Probieren wir’s – übermorgen, halb acht.“
„Am Abend?“
„Halb acht in der Früh.“ Er lacht. „Da kann keiner sagen, er kann nicht.“

~

Ich brauche zwei Jahre, um mich im Kammerchor durchzusetzen. Dann hab' ich's geschafft, ohne Höhe, mit schierer Verlässlichkeit: erste Reihe Mitte, im Zentrum, Aug' in Aug' mit dem Dirigenten. Er darf darauf zählen, ich setze im richtigen Augenblick ein, mit dem richtigen Ton, egal ob in Zimmer 35 oder in der Carnegie Hall.

Wenn es übers „G" geht, kein Problem, dann singen die anderen zwei, wir sind zu dritt pro Stimme, acht mal drei, vierundzwanzig.

Grossmann unterrichtet mich Dienstag und Freitag im Wiener Musikverein, da hat er noch ein Zimmer. Er ist zuversichtlich, verspricht: „Die Höhe kriegen wir!"

Wir kriegen die Höhe nicht.

Einmal, bei einem Sommerkonzert im Klagenfurter Landhaus, im schönen Arkadenhof, singe ich solo!

Ein Chorlied von Ravel.

Laurence, die Solistin, ist heiser, das Solo fällt mir zu, weil ich Französisch kann. Ich bin Notnagel. Zweite Wahl.

Eine Sommernacht. Die Sterne flimmern. Grossmann lächelt mir zu, gibt den Einsatz. Ich singe:

Trois beaux oiseaux du paradis
mon ami-z-il est à la guerre
trois beaux oiseaux du paradis
ont passé par ici.
Meine Stimmlage! Ideal!
Le premier était plus bleu que ciel.
Le second était couleur de neige.
Le troisième rouge vermeil.
Singen ist einfach.
Beaux oiselets du paradis
qu'apportez par ici?
Wie Atmen.
Un joli coeur tout cramoisi.
Ton ami-z-il est à la guerre.
Der Chor trägt mich.
Ah, je sens mon coeur qui froidit.
Danke, Freunde!
Emportez-le aussi!
Ich liebe euch!

Drei schöne Paradiesvögel
mein Liebster ist im Krieg.
Drei schöne Paradiesvögel
sind hier vorbeigekommen.
Der erste war blauer als der Himmel.
Der zweite war schneefarben.
Der dritte purpurrot.
Schöne Paradiesvögelchen.
Was bringt ihr mit?
Ein schönes blutrotes Herz.
Dein Liebster ist im Krieg.
Ich fühle mein Herz erkalten.
Nehmt auch meines mit euch fort!

Drei Minuten reines Glück. Drei Minuten Paradies im Garten der Fee Peri Banu, bevor sich das Tor wieder schließt.
Meine Singstimme bleibt verstümmelt, die Höhe verloren, für immer.
Ich stelle die Suche ein.
Angeblich gibt es ein Leben, auch wenn man nicht singen kann.